Albert Schweitzer

Friedensnobelpreisträger 1952 und Weltbürger
Genie und Herzensmensch

Achtung und Verantwortung für das Leben

Albert Schweitzer legte den Grundstein zur humanitären medizinischen Hilfe in Afrika. 1875 in Kaysersberg im Elsass geboren, ging der Theologe, Philosoph, Musikwissenschaftler und Arzt 1913 nach Äquatorialafrika um zu helfen, wo Hilfe nottat. Er baute in Lambarene sein weltberühmtes Urwaldspital auf, welches heute immer noch besteht. Er war ein Vorreiter im Bereich der ökologischen Ethik. Sein Werk und Wirken in Lambarene ermahnt uns, der Ehrfurcht vor dem Leben in unserem täglichen Denken und Handeln ihren so wichtigen Stellenwert einzuräumen. Er wurde mit dem Friedensnobelpreis 1952 ausgezeichnet und starb 1965 90jährig in Lambarene. Bis zu seinem Lebensende engagierte er sich für den Erhalt des Friedens und gegen den Einsatz von Atomkraft.

Albert Schweitzer und seine grenzenlose Menschlichkeit im Denken und Handeln ist ein Vorbild auch in unserer Zeit

Mein Reisebericht und die Zeit danach

Uta Mayer

Uta Mayer · *Urwaldspital Lambarene, Genie und Vorbild*

Inhaltsverzeichnis

Uta Mayer · *Wo sind die helfenden Hände für Lambarene* · 2019 · Installation auf Leinwand/Holz · 60 x 70 cm

Meine Reise zum Albert-Schweitzer-Spital in Lambarene und die Zeit danach

Vorwort

Ein Dokumentarfilm über Albert Schweitzers Hilfswerk in Lambarene machte mich 1968 auf seine Wandmaske aufmerksam, die seit 1965 im Wohnzimmer meines Elternhauses hing. In dieser Zeit sammelten wir Konfirmierten Spenden für Lambarene, für die SOS-Kinderdörfer und das Müttergenesungswerk in Schüttelbüchsen. Bilder von hungernden Kindern, von Armut und den Lebensverhältnissen in Afrika gingen damals durch Presse, Film und Fernsehen. Auf der Suche nach einem sinnstiftenden Beruf wollte ich Entwicklungshelferin werden. Meine Eltern waren entschieden dagegen. Zu gefährlich!

In den Jahren der Berufstätigkeit und Familiengründung vergaß ich Albert Schweitzer. Warum mir 2015 Lambarene in den Sinn kam? Ich weiß es nicht! Doch meine Recherche ergab: Das Albert-Schweitzer-Spital in Lambarene gibt es noch und es kann besucht werden.

Im Oktober 2018 bot sich mir die Gelegenheit, mit Dr. Roland Wolf, dem damals stellvertretenden Vorsitzenden des Deutschen Hilfsvereins für das Albert-Schweitzer-Spital, nach Lambarene zu reisen. Zuvor verbrachte ich mehrmals schöne Tage im Elsass. Ich besuchte Kaysersberg, Albert Schweitzers Geburtsstadt, und das nahegelegene Günsbach, den Ort seiner glücklichen Kindheit und Jugendzeit. Das Alte Pfarrhaus in Günsbach war Ausgangspunkt meiner Wanderungen nach Münster und Colmar. In Straßburg fand ich die Orte, die in seinem Lebenslauf beschrieben werden.

So fühlte ich mich gut vorbereitet, als ich gesund und mit den nötigen Impfungen ausgestattet meine Koffer packte.

Doch was für ein Irrglaube! Die Fülle der Erlebnisse, die ich in der kurzen Zeit meines 12-tägigen Studienaufenthalts im Albert-Schweitzer-Spital in Lambarene sammeln durfte, lassen sich nicht in Worte fassen. Die Fotoauswahl, die ich für diesen Reisebericht treffe, soll Einblick geben in die Geschichte und Gegenwart dieses weltberühmten Spitals im tropischen Zentralafrika. Meine Erlebnisse in der Begegnung mit Menschen, Tieren, Pflanzen und dem Ogowe versuche ich dennoch in Worte zu fassen. Doch es gelingt nur ansatzweise. Darum greife ich seit meiner Rückkehr 2018 zu Farben, Pinsel und Fundstücken, um Albert Schweitzers Leben, Denken und Handeln in bunter Weise erlebbar zu machen. Dabei sind Exponate entstanden, die keinem Stil zugeordnet werden möchten. Bei näherer Betrachtung wird sein lebensbejahendes Denken in Zitaten erkennbar – teilweise gut lesbar, teilweise in Collagen verwoben.

Mit Fantasie und Kreativität entstehen Objekte, die mit Albert Schweitzer eine Verbindung eingehen und Mut machen wollen, kreuz und quer zu denken. Welche Leistung er vollbracht hat in der Kolonialzeit ein Spital in Afrika zu bauen, können wir uns heute nicht vorstellen. Doch würde er uns auch heute ermutigen, auf unsere eigene Wahrnehmung zu vertrauen. Er würde uns ermahnen, das eigene Denken zu fördern und eigenverantwortlich zu handeln – für den Frieden – in Güte – ohne Waffen.

Fühlen Sie sich eingeladen mit diesem Bildband etwas tiefer in Albert Schweitzers Leben in Afrika einzutauchen. Sie werden dabei seinem Wesen, seinen Werten und seiner Lebensleistung ein Stück näherkommen.

Albert Schweitzer – Ein Vorbild, das Mut macht! Auch in unserer Zeit!

Uta Mayer

Uta Mayer · *Nobelpreisrede 1954 – Frieden* · 2022 · Acryl auf Leinwand · 60 x 50 cm

„Braucht Eure Zeit immer so, daß Geist und Herz davon profitieren."

Albert Schweitzer

LIBREVILLE
LAMBARENE

Was ist das Schweitzer-Spital in Lambarene?

1913 gründete Albert Schweitzer mit seiner Frau Helene auf der Missionsstation der Pariser Evangelischen Missionsgesellschaft in Andende (Lambarene) ein Spital für die unter vielen Krankheiten leidende afrikanische Bevölkerung der Region. Nach vier Jahren im Urwald musste das Ehepaar Schweitzer als deutsche Staatsbürger die französische Kolonie Gabun verlassen und wurde in Südfrankreich interniert, bevor sie ins Elsass zurückkehren konnte.

1924 kehrte Schweitzer allein nach Lambarene zurück, baute das Spital wieder auf und erweiterte es. Doch schon ein Jahr später beschloss er, die Missionsstation zu verlassen und drei Kilometer flussaufwärts von Andende ein Krankenhaus auf eigenem Grund und Boden zu errichten. Dieses Krankenhaus, das den „Urwalddoktor" in der ganzen Welt bekannt machen sollte, wurde im Januar 1927 eingeweiht und blieb über den Tod Schweitzers im Jahre 1965 hinaus in Betrieb. Zu ihm gehört das in den 1950er Jahren unter anderem mit dem Geld des Friedensnobelpreises gebaute Lepradorf.

Mitte der 1970er Jahre entsprach dieses Spital trotz vieler Erneuerungsmaßnahmen nicht mehr den Anforderungen. Nur durch einen Neubau, der 1981 eingeweiht wurde, konnte der Fortbestand des Krankenhauses und damit des Werkes Schweitzers in Lambarene gesichert werden.

Trägerin des Spitals ist eine 1974 gegründete internationale Stiftung, der Betrieb wird neben den Eigeneinnahmen aus der medizinischen Tätigkeit vor allem durch den Staat Gabun sowie durch Unterstützung von Hilfsvereinen aus Europa finanziert.

Trotz des Baus eines staatlichen Regionalkrankenhauses in Lambarene in jüngster Vergangenheit spielt das Albert-Schweitzer-Spital nach wie vor eine wichtige Rolle im gabunischen Gesundheitswesen und weist in einigen Bereichen überregionale Bedeutung auf.

Auszug aus www.albert-schweitzer-heute.de

Uta Mayer · *Wo ist Gabun* · 2018 · Collage auf Cardboard · Holz · 60 x 80 cm

Uta Mayer · *Albert-Schweitzer-Spital Lambarene Gabun* · 2023 · Acryl auf Holz Collage · 50 x 40 cm

Hotelstrand in Libreville

Tag 1 · Dienstag 2. Oktober 2018

München – Paris – Libreville
Erster Flug nach Afrika ... Erste Nacht in Libreville

Mein Flug geht um 9:30 Uhr von München nach Paris. Die Anreise vom Bodensee bewerkstellige ich bereits am Montagabend mit Zug und S-Bahn. In Paris treffe ich am Gate des Nonstop-Flugs nach Libreville, der Hauptstadt Gabuns, Herrn Dr. Wolf, der mich und eine weitere Reiseteilnehmerin auf diese 12-tägige Studienreise mit nach Lambarene nimmt. Die Flugabfertigung verläuft zügig, das Flugzeug ist voll besetzt und die Reisedauer mit 7,5 Stunden gut zu bewältigen. Bei unserer Ankunft in Libreville müssen wir sehr lange auf unser Gepäck warten und ich befürchte, dass mein Gepäck beim Umladen in Paris verschütt ging. Viel Geduld benötigt auch die Zollkontrolle und die Abwicklung der Einreiseformalitäten. Am Ausgang des Flughafengebäudes schlägt uns die dumpfe Schwüle der tropischen Hitze entgegen. Es ist später Nachmittag, immer noch heiß und feucht. Tiefe Pfützen lassen vermuten, dass es stark geregnet hat. Die 1,5 km lange Fahrt mit dem Taxi zum Hotel dauert zum Glück nicht lange. Ich hoffe auf Dusche und WC in meinem Zimmer. Die Zimmertür lässt sich nur mit Mühe öffnen, ein beißender Geruch empfängt mich: eine Mischung aus Insektenspray und Desinfektionsmittel, vermute ich. Der Deckenventilator surrt und wirbelt die übelriechende Luft durchs Zimmer. In der Mitte steht ein sauberes Bett, allerdings vermisse ich ein Moskitonetz. Der verkalkte Duschkopf mit den wenigen Wassertropfen lässt das Duschen jetzt sinnlos erscheinen, so bleibt der Koffer ungeöffnet in der Ecke und ich gehe zum Strand. Der Atlantische Ozean liegt unerwartet platt und grau vor mir. Der feine Sand ist hart wie Beton, als ich den Strand entlanglaufe. Nur leichte Wellen kommen auf mich zugerollt, als ich mich setze. Schnell wird es dunkel. Beim Abendessen sind nur wenige Hotelgäste anwesend. Es gibt gegrillten Fisch, der wirklich lecker schmeckt. Ich hoffe, ich vertrage ihn. Morgen früh fahren wir weiter nach Lambarene – auf der Nationalstraße RN 1 über den Äquator in den Busch. Den ersten Teil der Reise haben wir gut bewältigt und die Klimaumstellung wird gelingen, darauf vertraue ich. Meine erste Nacht in Afrika, denke ich beim Zubettgehen, stopfe mir Oropax in die Ohren und versuche flach zu atmen. Von der langen Reise müde, schlafe ich ein.

Uta Mayer · *Mensch – Wach auf* · 2023 · Acryl auf Cardboard Hänger · 59 x 42 cm

„Keine Zukunft vermag gut zu machen,
was du in der Gegenwart versäumst."

Albert Schweitzer

Am Äquator zwischen Libreville (125 km) und Lambarene (110 km)

Tag 2 · Mittwoch 3. Oktober 2018

Die Fahrt zum Albert-Schweitzer-Spital nach Lambarene beginnt

Nach dem Frühstück verlassen wir Libreville mit einem Fahrzeug des Schweitzer-Spitals, das uns aus Lambarene geschickt wurde. Wir fahren durch Vororte unglaublicher Armut. Müll und Dreck häufen sich am Straßenrand vor den Holzhütten. Bewohner hocken vor ihren Behausungen, Kinder spielen zwischen Hunden und Hühnern. Waren des täglichen Bedarfs werden auf Tischen oder auf dem Boden liegend angeboten. Marktgeschehen, denke ich und versuche, das Atmen einzustellen. Die tropische Hitze des frühen Morgens verstärkt den Gestank der Müllberge. Die Fahrzeugfenster müssen geschlossen bleiben und ohne meinen Schal, den ich mir fest vor Mund und Nase presse, hätte ich diese Fahrt wohl nicht überstanden. Sie stellt alles bisher gesehene Ausmaß an Dreck und Armut in den Schatten. Luftverschmutzung, nein Luftverpestung, ist das richtige Wort für diese ersten 50 km der Nationalstraße RN 1. Danach wird es besser. Doch irgendwann hört die Straße auf gut geteert zu sein. Der Regen der vergangenen zwei Tage hat sie aufgeweicht, an zwei Stellen ist sie fast unpassierbar. Der Motor unseres Fahrzeugs muss ausgeschaltet und das Auto durch den Schlamm geschoben werden. Zum Glück gibt es genügend Helfer aus anderen Fahrzeugen, die dasselbe Problem haben, so dass wir sitzen bleiben können. Ohne gegenseitige Hilfe ist hier kein Vorwärtskommen möglich. Die weiteren 185 km bewältigen wir ohne größere Zwischenfälle. Unser Fahrer, ein Angestellter des Spitals, ist positiv gestimmt und lacht. Es ist Regenzeit in Gabun. Wahrscheinlich ist er Schlimmeres gewohnt. Am Äquator halten wir für ein Erinnerungsfoto. Mit etwas Proviant für die nächsten Tage geht es weiter. Zur Mittagszeit wollen wir im Albert-Schweitzer-Spital in Lambarene sein. Und tatsächlich, wir schaffen es! Durchgerüttelt und verschwitzt kommen wir in der Historischen Zone des Spitalgeländes an. Die Strapazen der Fahrt sind vergessen, als das Auto vor dem ehemaligen Wohnhaus der Schweitzers anhält. Wir stehen vor dem „Doktorhaus". Auf der langen Fahrt versuchte Dr. Wolf uns auf die Ankunft im Spital vorzubereiten, doch Erzählungen können eigene Erlebnisse nicht ersetzen.

Supermarkt am Äquator

RN1 nach Lambarene

Hier also hat Albert Schweitzer bis zu seinem Tod gelebt und gearbeitet. Das „Doktorhaus" mit seinem weit überstehenden Wellblechdach erinnert mich an die Schweizer Häuser im Appenzeller Land. Ein paar Stufen führen hinauf zur Veranda. Davor steht eine große gusseiserne Glocke, die mich an Schillers gleichnamiges Gedicht erinnert. Ich kann es noch nicht fassen: Ich bin in Albert Schweitzers Urwaldspital angekommen. Mit ehrfürchtigem Staunen steige ich aus und schaue mich um. Die tropische Vegetation, die hohen Bäume, die mittägliche Hitze, die mir fremden Geräusche und Gerüche, die hohe Luftfeuchtigkeit, die würzige Luft... Wie kann man sie beschreiben? Gar nicht, denke ich, nicht einmal malen kann man sie.

Ankunft im Schweitzer-Spital

Doktorhaus

Refektorium/Speisesaal

Dr. Wolf wird von den Mitarbeitern der Historischen Zone herzlich begrüßt. Hände werden geschüttelt, und auch wir werden Teil dieses herzlichen Empfangs. Das Gästehaus, in dem wir untergebracht sind, befindet sich nur einige Meter entfernt. Wie die umliegenden Gebäude hat es ein weit überstehendes Wellblechdach und steht auf einer Anhöhe über dem Ogowe. Die Zimmer sind nach Süden ausgerichtet und bieten einen herrlichen Blick über den Fluss und die tropische Vegetation. Das überstehende Wellblechdach schützt vor Regen und hier auf der Südseite vor direkter Sonneneinstrahlung und noch höheren Raumtemperaturen. Die Zimmer sind sehr hübsch und funktional im Kolonialstil eingerichtet, verfügen über eine jeweils eigene Klimaanlage mit Nasszelle, Dusche und WC. Über das breite Bett fällt ein Moskitonetz. Zum Auspacken ist keine Zeit, da das Mittagessen wartet. Doch ein Blick durch die hölzernen Lamellen muss sein. Der Ogowe fließt ruhig und gemächlich. Albert Schweitzers Ogowe. Noch schnell geduscht und umgezogen, dann treffen wir uns im Refektorium, dem oberhalb gelegenen Gebäude, in dem sich der historische Speisesaal befindet. Die Tapete, die Details an den Wänden, der Tisch: Sie zeugen noch von Albert Schweitzers Leben in diesem Raum. Vorsichtig setze ich mich an den Tisch und nehme dankbar mein erstes Mittagessen ein. Was ich aß? Ich habe es nicht notiert. Doch der freundliche Empfang durch das Küchenpersonal und die frisch zubereiteten Speisen werde ich nicht vergessen. Das Klappern der Töpfe, die lautstarke Unterhaltung und das Lachen, das aus der Küche schallt, das alles gehört zu meinen ersten Eindrücken hier in Lambarene.

Gästezimmer im Kolonialstil

Grabstätte auf dem Spitalgelände

Siesta ... Ich stehe an Albert Schweitzers Grab!

Nach der Mittagspause begeben wir uns auf einen ersten Rundgang über das weitreichende Spitalgelände. Es regnet gerade nicht, ein strahlendblauer Himmel verzaubert das tropische Grün in ein leuchtendes Farben-Potpourri. Die hohe Luftfeuchtigkeit lässt kein tiefes Durchatmen zu. Überall wo wir auf Menschen treffen, wird Dr. Wolf herzlich begrüßt. Freundlich stellt er uns vor und bis zum Abendessen schütteln wir viele Hände. Ich bedauere meine rudimentären Französischkenntnisse. Wir umkreisen die Gebäude des Albert-Schweitzer-Spitals, das 1981 erbaut wurde und verstehen den damals nötigen Ausbau zur Poliklinik, wie sie heute funktioniert. Zurück in der Historischen Zone laufen wir zwischen dem im Doktorhaus eingerichteten Schweitzer-Museum und Albert Schweitzers historischem Spital, der „Grande Pharmacie" hindurch zum Ogowe hinunter und kommen an den kleinen spitaleigenen Bootsanlegeplatz. Auf dieser Mauer also hatte Albert Schweitzer mit seinem Pelikan so oft gesessen. Hier selbst zu stehen ist ein geschichtsträchtiger Moment. Von den drei Booten im Wasser, von denen zwei schon halbversunken im Schlamm stecken, scheint nur eines noch benutzbar. Auf dem Rückweg besuchen wir den Friedhof. Ehrfürchtig stehen wir am Grab von Albert Schweitzer und seiner Frau Helene Schweitzer-Bresslau. Die Namen der engsten Mitarbeiter aus der Zeit der Spitalgründung auf den Steinkreuzen daneben, sind kaum noch zu entziffern. Dr. Wolf wird nicht müde, uns die geschichtlichen Zusammenhänge seit der Spitalgründung 1913 zu erklären. Mit großer Geduld beantwortet er unsere Fragen.

Um 19:00 Uhr treffen wir uns zum Abendessen. Es ist bereits stockdunkel. Mit der Taschenlampe suche ich den Weg hinauf zum Refektorium und achte darauf, nicht über die Wurzeln der hohen schattenspendenden Bäume zu stolpern. Welch ein Tag! Bevor ich ins Bett schlüpfe, vergewissere ich mich, dass das Moskitonetz an allen Seiten über das Bett hängt. Erschöpft schlafe ich ein. Doch was ist das? Die reifen Mangos fallen vom alten Mangobaum, der dicht am Gästehaus steht. Mit dumpfem Plopp oder lautem Knall fallen sie auf Erde oder Wellblechdach und kullern von diesem hinab. Ich schrecke aus dem Schlaf! Bombardement ist mein erster Gedanke, Krieg mein zweiter. Ich erinnere mich an meine Mutter, wie sie mich als Kind bei Probealarm in Panik ins Haus gezogen hatte. Lange liege ich wach und lausche den mir fremden Geräuschen dieser ersten Nacht in Lambarene.

Uta Mayer · Geduld – die tiefste und schwerste Liebe
2023 · Acryl auf Leinwand · 30 x 40 cm

„Die tiefste und schwerste Liebe ist die Geduld."

Albert Schweitzer

Tag 3 · Donnerstag 4. Oktober 2018

Zur Missionsstation nach Andende

Heute ist der Geburtstag meiner Tochter und ich bin in Lambarene. Nach dem Frühstück skizziere ich ein Albert-Schweitzer-Portrait auf einen grünen Luftballon und schicke ihr das Foto per Email nach Deutschland. Auf dem Rasen vor dem Verwaltungsgebäude der Poliklinik funktioniert das WLAN. Wie einfach für uns im Vergleich zum Postdampfer, auf den Albert Schweitzer wochenlang warten musste, bis er den Ogowe heraufgeschnauft kam. Heute besuchen wir die Missionsstation der ehemaligen Pariser evangelischen Missionsgesellschaft in Andende. Dazu bringt uns ein Taxi ca. 3,5 km flussabwärts an die Stelle, an der Albert und Helene Schweitzer am 16. April 1913 ankamen, um ihr erstes Tropenkrankenhaus zu bauen.

Andende Missionsstation: Albert Schweitzers Ankunft in Afrika 1913

Blick über das historische Spital zum Lepradorf

Dr. Wolf erklärt uns die baulichen und geschichtlichen Zusammenhänge hier in der Kolonialzeit, die plötzlich eine ganz andere Wahrnehmung erhält. Afrika wurde aufgeteilt, das blieb uns aus der Schulzeit hängen. Film- und Fernsehberichte lieferten die Bilder dazu. Hier in Andende erinnert eine Büste von Albert Schweitzer an die Ankunft 1913 und den Beginn seines humanitären Einsatzes in Afrika. Wir beginnen seine Lebensleistung zu erfassen. Auf dem Rückweg, der uns zu Fuß an der Straße entlang führt, sortieren wir unsere Gedanken. Die hohe Luftfeuchtigkeit und die Mittagshitze erschweren uns den relativ kurzen Weg zurück. Wir passen unser Schritttempo den klimatischen Bedingungen an und machen Pausen. Nach dem Mittagessen schlafe ich trotz herabdonnernder Mangos und surrender Klimaanlage tatsächlich ein.

Historisches Spital Krankenunterbringung

Ehrfurcht vor dem Leben ... In Albert Schweitzers historischem Spital

Am Nachmittag steht der Besuch des historischen Spitals auf dem Programm. Es liegt nur ein paar Schritte von Gästehaus und Refektorium entfernt und ist über einige Stufen abwärts zu erreichen. Da es nicht regnet, besteht keine Gefahr, dass wir auf den Holzplanken ausrutschen. Ehrfürchtig stehen wir vor dem Eingang der „Grande Pharmacie" und dann in der Patientenaufnahme und betrachten staunend die liebevoll arrangierten Instrumente und Gerätschaften, die damals benutzt wurden. Albert Schweitzer hat das Spital nach eigenen Plänen gebaut. Dr. Wolf erklärt uns genau die Bedingungen, mit denen Albert Schweitzer während der Bauzeit 1925-27 zu kämpfen hatte. Wie schwierig es damals war, das Material zu beschaffen und Menschen zum Spitalbau zu ermutigen, und wie viel Eigenleistung nötig war, bis das Spital fertiggestellt werden konnte. Die kluge Planung der Räume und die gute Verarbeitung im Innern begeistern mich. Die Idee, es auf Stelzen zu bauen, erinnert mich an die Pfahlbauten am Bodensee. Auch beim Rundgang durch die Räume komme ich aus dem Staunen nicht heraus. Das Ordnungs- und Ablagesystem in der Patientenaufnahme, die Aufbewahrung der Krücken im Lager, die zur Verfügung stehenden ärztlichen Instrumente, der Operationstisch, der Zahnarztstuhl, der „Kreissaal", die Unterbringung der Patienten im UG... Wie viele Schmerzen wurden hier gelitten? Welche unbekannten Krankheiten behandelt? Welche Heilungserfolge erzielt? Wie viel Leid! Entscheidungen! Gedanken! Sorgen! Epidemien! Keine Medikamente! Keine Ärzte! Keine Helfer! Dafür Kranke! Kranke! Kranke! Aus dem Busch kommend, von Verwandten getragen. Welche Bedeutung kam dem Ogowe damals zu?

Historisches Spital Patientenaufnahme

Historisches Spital Labor

Historisches Spital Labor

Historisches Spital Behandlungsraum

Historisches Spital Lager Krücken und Orthesen

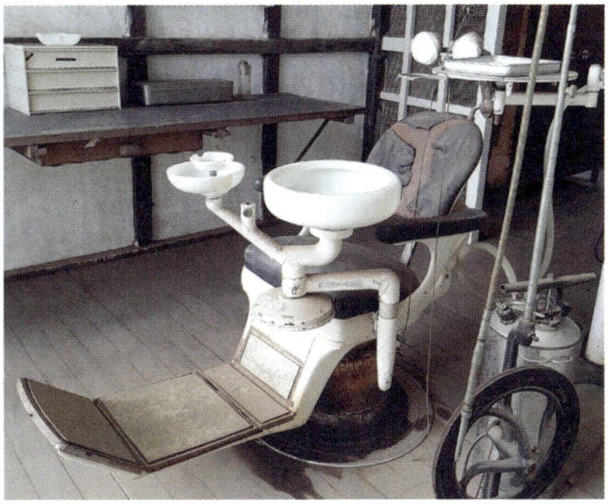
Historisches Spital Zahnbehandlung

Überschwemmungsgefahr! Seuchentransporteur? Menschen und Baumaterial in Pirogen (Einbäumen)! Schlangen? Post in Schiffen! Raubtiere? Gefahren, von denen wir nichts wissen. Ruheort! Und dann dieses Klima!!!

Wie anstrengend muss es für Europäer damals gewesen sein, in diesem tropischen Klima zu arbeiten. Ohne Infrastruktur! Ohne Verbandszeug! Ohne die nötigen Medikamente! Ohne Helfer! Ohne die notwendigen Nahrungsmittel! Ohne Zuspruch! Mein Verständnis und mein Mitgefühl für die Menschen und ihre damaligen Lebensbedingungen wächst.

Die schwüle Hitze des Tages macht mich schlapp. Mein Tatendrang! Mein europäisches Tempo! Wo sind sie geblieben? Oder drückt mich Traurigkeit?

Nach dem Nachtessen falle ich wieder früh ins Bett. Ich lausche den ungewöhnlichen Stimmen des Urwalds, dann schlafe ich ein. In der „Historischen Zone des Albert-Schweitzer-Spitals“ fühle ich mich sicher und verstehe: „Der große Doktor war das Licht im Wald.“

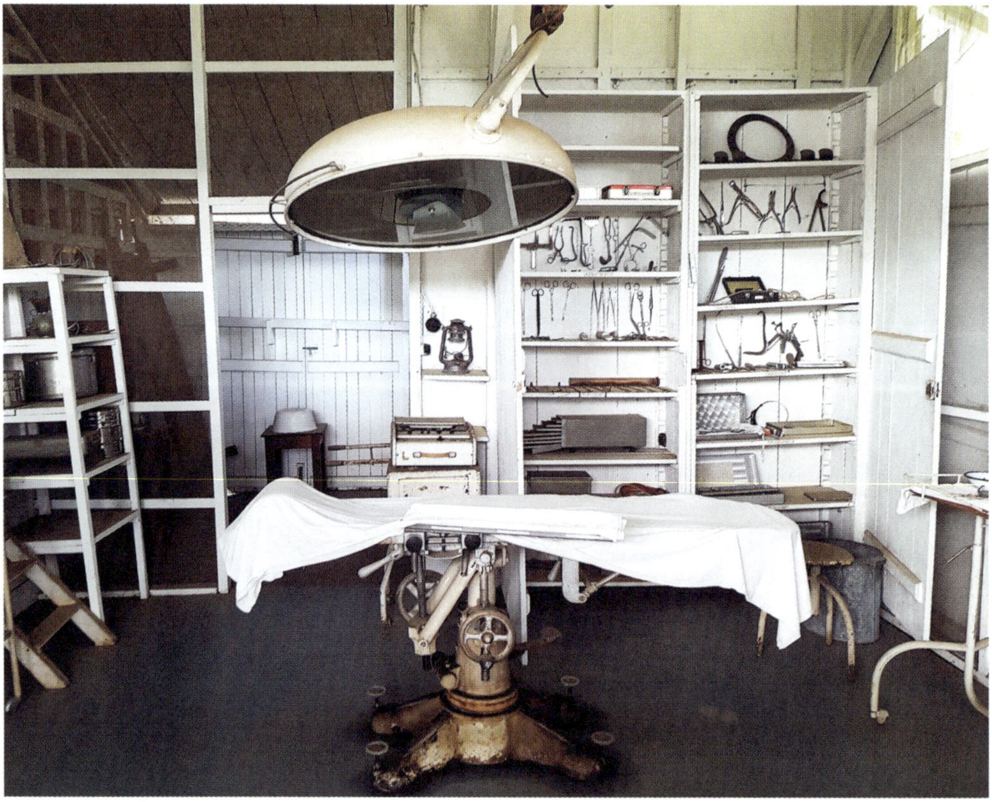

Historisches Spital – OP-Tisch

Uta Mayer · *Dankbarkeit stärkt uns das Gute zu tun* · 2022
Acryl und Fundstücke auf Leinwand · 50 x 70 cm

„Die Dankbarkeit, die wir antreffen, hilft uns, an das Gute in der Welt zu glauben und stärkt uns dadurch, das Gute zu tun."

Albert Schweitzer

Tag 4 · Freitag 5. Oktober 2018

Besuch im Lepradorf!

„Albert Schweitzer baut ein Lepradorf!“
Schlagzeilen wie diese gingen um die ganze Welt, nachdem Albert Schweitzer den Friedensnobelpreis für 1952 erhalten hatte. Seine humanitären Verdienste in seinem Urwaldspital in Lambarene gerieten in den Fokus. Reporter reisten in die Tropen, um Film- und Fernsehdokumentationen zu machen. Viele Jahre wurde schwarz-weiß, erst Jahre später bunt gesendet.

Heute besuchen wir das Lepradorf. Das Frühstück im Refektorium: getoastetes Stangenbaguette, Butter, Erdbeermarmelade, dazu Tee oder Nescafé! Wir tauschen unsere nächtlichen Erlebnisse mit den herunterfallenden Mangos aus. Daran werden wir uns gewöhnen müssen. Dr. Wolf schlüpft bereits beim Frühstück in die Rolle des tropen- und geschichtskundigen Reiseleiters. Seine Jahre als Lehrer an Schulen in Gabun sind ein unglaublicher Wissensfundus. Zum Lepradorf sind es nur wenige hundert Meter die Anhöhe hinauf.

Ein Pick-up kommt uns entgegen, der Müll aus der Historischen Zone holen soll. Ein Mitarbeiter mit Mundschutz, Gummihandschuhen und Gummistiefeln läuft neben dem Fahrzeug her und grüßt uns freundlich. Wohin wird der Müll gebracht?

Wir werfen auf dem Weg dorthin einen Blick in die Mutter-Kind-Station, die auf dem Spitalgelände eingerichtet wurde und heute Sprechstunde hat. Viele junge Mütter sitzen mit ihren Babys auf harten Holzbänken und warten auf einen Nachsorge- oder Impftermin. Einige sind selbst noch Kinder. An der Rückwand des Raumes ist eine Kochzeile installiert. Ein brauner Sud brodelt in einem Kochtopf. Um das Ernährungsbewusstsein zu schulen, erhalten die jungen Mütter hier Kenntnisse über die Zubereitungsmöglichkeiten der nahrhaften heimischen Palmnüsse. Damit könnte auch eine Reduktion des Müllaufkommens an Konservendosen erreicht werden.

Blick in die Mutter-Kind-Sprechstunde

Ankunft im Lepradorf

Behandlungsstation im Lepradorf

Kinder im Lepradorf

Im Lepradorf suchen wir die zentral gelegene Behandlungsstation auf. Die Wohnhütten der ehemals Leprakranken sind um diese Station angeordnet. Albert Schweitzer plante und erbaute das Dorf Anfang der 50er Jahre und konnte es mit dem Geld des Friedensnobelpreises fertigstellen. Zu seinem 80sten Geburtstag, am 14. Januar 1955, wurde es feierlich eingeweiht. Aktuell liegen keine genauen Zahlen über die Anzahl der Dorfbewohner vor. Da sich diese täglich ändert, ist eine Erhebung zwecklos. Heute kommt eine Krankenschwester aus der Poliklinik ins Dorf, die das Bein eines noch verbliebenen ehemaligen Leprakranken wundversorgt. Zweimal wöchentlich ist dieser Verbandswechsel nötig. Der Patient fertigt trotz seiner verkrüppelten Hände Pirogen (Einbaum) und andere Holzgegenstände für den Museumsshop an, der sich im Doktorhaus befindet.

Bein eines ehemals Leprakranken Verbandswechsel 2x wöchentlich

Musée im Doktorhaus:
Zugang zu Albert Schweitzers Arbeitszimmer

Blick in Albert Schweitzers Arbeitszimmer

eines seiner Bücherregale

Klavier im Arbeitszimmer

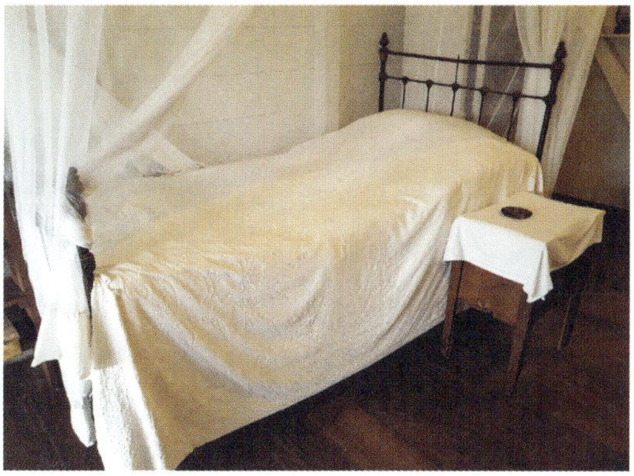

Albert Schweitzers Schlafzimmer

Der Verbandswechsel verursacht mir Übelkeit und ich verlasse die Behandlungsstation kurzzeitig. Die Luftballons, die wir für die Dorfkinder mitgebracht haben, platzen nach kurzer Zeit. Damit platzt auch das kurze Vergnügen der Kinder. Wir hinterlassen zusätzlichen Müll, der in bunten Fetzen im Staub liegen bleibt. Mir ist elend. Diese Lebensumstände hier, für mich bisher unvorstellbar. Ich vergleiche sie mit meiner Kindheit in Stuttgart in den 50er Jahren. Betroffen laufen wir zurück in die Historische Zone.

Das Doktorhaus, ein Museum, um ... zu staunen!

Auf dem Weg ins Museum werfen wir noch einen kurzen Blick in die spitaleigene Schreinerei. Der Duft der Hobelspäne ist beruhigend! Heute werden Stühle und Tische gehobelt. Okume, das leichte Holz, das in Gabun häufig verwendet wird. Belinga, das schwere Hartholz, aus dem auch der Fußboden in Albert Schweitzers Doktorhaus gefertigt wurde. Padouk, ist ähnlich hart wie Teak und Douka, das eher selten vorkommt... Iroko, das vorrangig in Gabun gehandelt wird ... Die Namen der tropischen Hölzer sind mir unbekannt. Dr. Wolfs Wissen scheint unerschöpflich zu sein.

Im Doktorhaus angekommen schaue ich zuerst auf den Fußboden. Wie sieht nun das Belingaholz aus, wenn es verbaut ist? Der Fußboden zeigt auch 100 Jahre nach der Errichtung des Gebäudes keine Abnutzungsspuren. Das hier eingerichtete Museum zeigt die Räume von Albert und Helene Schweitzer-Bresslau, die liebevoll gestaltet und gepflegt sind. Da auch das Doktorhaus keine Glasfenster hat, müssten die Ausstellungsobjekte verstaubt oder sandbedeckt sein, was aber nicht der Fall ist. In Albert Schweitzers Arbeitszimmer verweile ich lange. Die Exponate, die Aufschluss über sein Leben und Wirken im Spital und Einblick in seine Stationen während seiner Europareisen geben, faszinieren mich sehr. Lange stehe ich an seinem Schreibtisch, lese die Buchtitel in seinen Bücherregalen, versuche seine handgeschriebenen Briefe zu entziffern und überlege, wann er all die Korrespondenz erledigt hat, die ganze Archive füllt. Die Leinensäckchen an den Regalen fallen mir auf, der Regenmantel, der in einer Ecke hängt, der Stockschirm daneben, die Petroleumlampe griffbereit, seine ausgetretenen Schuhe... Größe 43/44 oder größer?

In einer Vitrine liegt ein Gipsabdruck seiner Hände auf Orgelpartituren. Albert Schweitzer, der Organist! Mein Blick fällt auf das Klavier mit den aufgeschlagenen Notenblättern, die zum Spielen einladen. Wer hat die Elfenbeintasten entfernt?

Ein Bett, ein Waschtisch, ein Stuhl. Das Moskitonetz.

Auch die persönlichen Gegenstände von Helene Schweitzer-Bresslau berühren mich sehr. 1913 war sie mit ihrem Mann nach Lambarene gereist, um ihr gemeinsames Projekt zu verwirklichen. Nach den Jahren der Internierung während des ersten Weltkriegs erkrankte sie an Tuberkulose und vertrug danach das tropische Klima nicht mehr. Ihren gemeinsamen Plan mussten sie aufgeben.

Ich verweile lange in Helenes Zimmer und skizziere ihr Kleid, nehme Maß für ein Muster. Wozu dies einmal dienen wird? Ich weiß es noch nicht. Wie hat sie sich wohl gefühlt, alleinerziehend in Europa, in Königsfeld, im Schwarzwald, im Winter? Mut zusprechen, Geduld üben, Verständnis haben... Wie viel Liebe, wie viel Kraft hat sie nach Lambarene geschickt und auf Briefe gewartet, die wochenlang nicht ankamen? Dr. Wolf drängt zur Eile, das Mittagessen wartet.

Mein Blick geht nochmals zur Petroleumlampe und ich denke an meine Taschenlampe, die mir abends den Weg zum Verwaltungsgebäude ausleuchtet, denn dort habe ich freies WLAN für meine Bildberichte nach Hause.

Ich erinnere mich an meine ersten Notizen im Elsass:

... geboren in Kaysersberg nahe Colmar ...

... mit einem halben Jahr nach Günsbach, ins Münstertal gezogen, in die Heimat der Mutter ...

... glückliche Kindheit und Jugend ...

... verständnisvolle Eltern – erzogen zur Freiheit ...

... 3 Schwestern und 1 Bruder ...

... Onkel und Tante finanzieren das Gymnasium in Mülhausen ...

... Die Orgelleidenschaft vom Großvater ...

... Ein stiller und verträumter Schüler, den es hinaus in die Natur zog ...

... Schlussendlich „Arzt – um ohne Reden wirken zu können"

... Der Schmerz verbindet die Menschen, Angst und Schmerz ist überall gleich.

... wenn ich nicht käme, ihnen gute Nacht zu sagen, schliefen sie nicht ein.

Schuhgröße ???

Albert Schweitzers Schreibtisch

Afrikanische Zeitlosigkeit

Bis zum Spätnachmittag haben wir drei Stunden Freizeit. Mit meinem Tagebuch und meinem Skizzenblock schlendere ich zum Ogowe hinunter und setze mich auf die geschichtsträchtige Mauer. Es kommt keine Piroge (Einbaum9 vorbei und sicherlich auch kein Postdampfer mehr. Nur das Wasser fließt gemächlich dem Atlantik zu. Auf meinem Skizzenblock will nichts Neues entstehen. Ich warte.

Abendvisite

Der Kult-Film von Erica Anderson und Jerome Hill am Nachmittag

Mein Blick fällt auf meine Armbanduhr. Ich muss los! Steige über aufgeplatzte Mangos, die niemand zu Marmelade kocht, eile die Anhöhe hinauf und verweile doch am Friedhof vor den Gräbern der Schweitzers. In afrikanischer Zeitlosigkeit laufe ich etwas langsamer weiter. Die hohe Luftfeuchtigkeit lässt Eile nicht zu, das verstehe ich jetzt. Leicht verspätet aber noch rechtzeitig vor Filmbeginn erreiche ich den Vortragsraum im Doktorhaus. Mit der Originalstimme Albert Schweitzers unterlegt, wurde der 1957 entstandene Dokumentarfilm von Erica Anderson und Jerome Hill zum 100jährigen Bestehen des Schweitzer-Spitals 2013 digitalisiert. Ich staune! Für 250 Leprakranke wurde das Lepradorf damals gebaut. Der Filmklassiker gibt einen guten Überblick über Schweitzers Leben und seine Hindernisse hier in Lambarene.

Das Abendessen im Speisesaal nehmen wir heute mit weiteren Gästen ein. Der Kanzler der deutschen Botschaft in Gabun ist fürs Wochenende mit Frau und Kleinkind aus Libreville angereist. Ihre Fahrt war ebenfalls anstrengend und das Kind ist quengelig und müde.

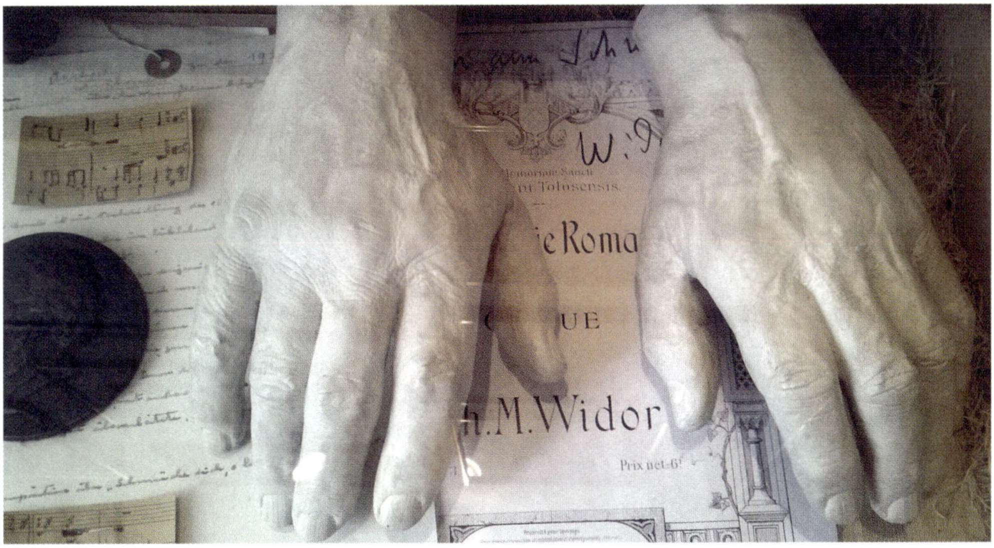

Albert Schweitzers Hände

Maniokpuffer und Rindfleischragout

Ich verlasse die interessante Unterhaltung frühzeitig. Sollte sich durch die Wahlen am morgigen Samstag für das Spital eine Änderung der Finanzlage ergeben, kann ich die Zusammenhänge heute nicht mehr erfassen.

Uta Mayer · *Vergiss die Natur nicht* · 2022
Acryl auf Leinwand · 60 x 30 cm

„In der Hoffnung den Mond zu erreichen vergißt der Mensch auf die Blumen zu schauen, die zu seinen Füßen blühen"

Albert Schweitzer

Tag 5 · Samstag, 6. Oktober 2018

Zwischen Wasser und Urwald ... auf dem Ogowe

In der Nacht hat es heftig geregnet. Ein Regen, wie ich ihn aus Europa nicht kenne. Der Himmel öffnet seine Schleusen! Das also ist die Regenzeit in den Tropen. In Sekundenschnelle sind Kleidung, Schuhe und die Erde durchweicht. Welch ein Glück, die Haut ist wasserundurchlässig! Unser Programm sieht heute eine Tagestour auf dem Ogowe vor. Wir sitzen noch am Frühstückstisch und beraten, als der Regen nachlässt. Die Entscheidung fällt auf eine verkürzte Halbtagestour mit dem spitaleigenen kleinen weißen Boot. Treibstoff und Proviant kommen in den Bug, die Bänke werden getrocknet, dann fahren wir den Fluss hinauf und in den Urwald hinein. Unser Motor stört die Stille erheblich. Die Wolkendecke reißt auf und über dem Fluss bilden sich Nebelschwaden, die den Urwald in ein mystisches Gewebe aus Papyruspflanzen, Kapokbäumen, Lianen, Schlingpflanzen und Nebelschwaden hüllen. Unser Bootsführer Yaya, schaltet den Motor einige Male aus und lenkt das Boot in die Nähe des Ufers in der Hoffnung, Flusspferde und andere Tiere zu sehen. Dr. Wolf weist uns auf Kolonien von Pelikannestern hin, die in die höchsten Baumkronen gebaut werden. Albert Schweitzers Freundschaft mit den Pelikanen ist bekannt. Doch sie in Freiheit fliegen zu sehen, ist ein besonderes Erlebnis.

Wer sieht die Pelikankolonien?

Unser erstes Ziel ist eine kleine Siedlung im Busch, auf die nur ein kleiner Steg hinweist. Es ist still, lediglich das Kreischen einiger Vögel ist zu hören. Auf einem schmalen Pfad erreichen wir die halbverfallenen Hütten eines kleinen Dorfes. In der Dorfmitte scharen sich Dorfbewohner um einen kleinen Einkaufsstand. Beim Rundgang durch das Dorf fühle ich mich wie ein Eindringling mit weißer Hautfarbe und äußerst unwohl. Ein kleiner Junge fällt mir auf, der ängstlich geradewegs entsetzt auf einen roten Luftballon starrt, den wir mitgebracht haben. Was er wohl denkt?

Der Weg ins Dorf

Dorfbewohner beim Einkauf

Picknick zwischen Tieren

Picknick zwischen Ziegen, Hühnern und Enten

Auf einem Bauernhof am Flussufer liegt der Picknickplatz, den wir als nächstes ansteuern. Ein riesiger Kapokbaum zieht meine Aufmerksamkeit auf sich. Baumdicke Lianen hängen an ihm herab. Welch ein beeindruckender Anblick. Bei näherer Betrachtung wird er noch imposanter. Die Baumkrone lässt sich nicht ausmachen, der Stammumfang ist so gewaltig, dass es schwierig ist ein Foto zu machen, auf dem eine Person erkennbar ist. Welche Gerätschaften werden heute wohl eingesetzt, um diese Baumriesen zu fällen? Auch auf diesem Kleinbauernhof wird durch Brandrodung der Anbau von Kakaopflanzen vorbereitet. Inmitten von Ziegen, Hühnern, Enten, Katzen und einem streunenden Hund habe ich keinen richtigen Appetit. Eine Hundeschnauze auf Augenhöhe, zwei Katzenpfoten auf den Knien, ein Entenschnabel, der mein Weißbrot wegschnappt. Entgegen der Wettervorhersage brennt die Sonne auf der Rückfahrt gnadenlos auf unsere Hüte. Welche Bedeutung hat die Abholzung des Regenwaldes für uns tatsächlich? Es geht nicht nur um Landgewinnung zur einfachen Plantagenbewirtschaftung! Die fehlenden Baumriesen können der Habitat keinen Sonnenschutz mehr bieten! Das bedeutet das Ende der Artenvielfalt und noch mehr! Betroffen beobachte ich den Dschungel und die grünen Uferböschungen auf unserer langen Rückfahrt zum Spital. Die Stille des Regenwaldes wird nur durch das laute Dröhnen des Bootsmotors gestört.

Die Zeit bis zum Abendessen nutze ich für meine Tagebucheintragungen und denke dabei an Albert Schweitzers Worte: „ ... *wenn Tiere durch unbarmherzige Menschen Unmögliches erdulden oder den grausamen Spielen von Kindern ausgeliefert sind, tragen wir die Schuld daran."*

Meine Betroffenheit will auch beim Abendessen nicht weichen und so suche ich nochmals die Ruhe am Ogowe – ohne Motorenlärm und Abgasgeruch. Ich denke:

„Mystischer Urwald – Armer Regenwald – Arme Tierwelt!"

Uta Mayer · *Wer die Natur betrachtet* · 2023 · Acryl auf Cardboard · 55 x 46,5 cm

„Wer die Natur betrachtet, wird vom Geheimnis des Lebens in seinen Bann gezogen."

Albert Schweitzer

vor Gottesdienstbeginn

Kirchplatz vor der Messe

Tag 6 · Sonntag, 7. Oktober 2018

Sonntagsmesse um 10 Uhr. Wo sind die Männer geblieben?

Heute steht der Besuch des katholischen Gottesdienstes in St. Francois Xavier in Lambarene auf unserem Programm. Dass wir daran teilnehmen dürfen, ist wunderbar. Um 7:30 Uhr versorgt uns Dr. Wolf mit dem morgendlichen Frühstück im Refektorium. Um 9:30 Uhr fährt uns der Chauffeur des Spitals zur Kirche. Was für ein imposanter Kirchenbau, denke ich, als ich die Treppenstufen zum Kirchplatz hinaufsteige. Frauen, Mädchen und Kinder mit kunstvoll geflochtenen Haaren und in bunten Sonntagsgewändern stehen beieinander. Ein buntes Bild der Lebensfreude beeindruckt mich sehr an diesem sonnigen Sonntagmorgen. Dr. Wolf wird von Bekannten und dem Pfarrer, der die Messe halten wird, herzlich begrüßt. Der Blick über das Tal ist fantastisch. Wir setzen uns in eine der hinteren Reihen der gut besuchten und reich geschmückten Kirche. Der hohe Frauenanteil der Besucher vor mir erstaunt mich. Wo sind die Männer geblieben, die gerade noch auf dem Kirchplatz standen? Mein Blick geht durch die Reihen und ich sehe junge Mädchen neben ihren Müttern und jüngeren Geschwistern sitzen. Vereinzelt sitzen Familien mit Großmüttern in den Bänken. Gleichzeitig gibt es junge Männer, die meist alleine sitzen. Heiratsmarkt? denke ich. Die Messe beginnt, der Ablauf ist ähnlich wie ich ihn aus Deutschland kenne. Verständlich ist er mir jedoch nicht. Ich versuche die Gospellieder mitzusingen. Zu meinem Erstaunen verhalten sich die Kleinkinder während der zweistündigen Messe ruhig. Sie scheinen die harten Holzbänke gewohnt zu sein. Am Kirchenausgang stellt sich die Frage, wie wir zurückkommen. Dr. Wolf erspäht eine Mitarbeiterin des Spitals, die uns in ihrem Auto mit zurücknimmt. Ein glücklicher Zufall, denn bei den wenigen Taxis, die bereit stehen, hätten wir in der sengenden Sonne lange warten müssen. Im Inneren des Fahrzeugs ist es sehr eng, doch die Türen werden von außen zugedrückt und öffnen sich zum Glück auch auf der Fahrt nicht.

St. Francois Xavier in Lambarene

Ein Mittag zwischen Veranda und Suppenküche

Der Sonntagmittag steht uns zur freien Verfügung. Ich verbringe ihn im Schatten des Wellblechdachs auf der Veranda des Gästehauses. Die hohe Luftfeuchtigkeit macht mir zu schaffen, außerdem muss ich Wäsche waschen. Am Abend ist der Besuch des Hafenmarktes in der Stadt geplant. Mit Tagebuchschreiben, Lesen und Näharbeiten versuche ich mich möglichst wenig zu bewegen, um für den Abend fit zu sein. Gerne würde ich ein zweites Mal nach Lambarene kommen, dem nächtlichen Mango-Bombardement und der Gefahr von Insektenstichen zum Trotz. Doch ohne gute Französischkenntnisse sehe ich hier kein hilfreiches Aufgabengebiet für mich. Wo könnten meine Englischkenntnisse nützen? Bei Führungen durch die Museen vielleicht?

Garküche am Sonntagabend

Um 19 Uhr trifft sich unsere kleine Reisegruppe am Taxistand an der Einfahrt zum Spitalgelände und wir fahren in die Stadt, um in einer Garküche gegrillten Fisch zu essen. Schnell wird es dunkel und die Geschäfte schließen. Wir schlendern durch die Hauptstraße und unsere Wahl fällt auf einen Stand, der recht appetitlich aussieht. Ich bestelle gegrillten Fisch, Süßkartoffeln und Pommes Frites und vermeide jede Form von Salat und rohem Gemüse. Auf der gegenüberliegenden Straßenseite ist noch ein Getränkeladen mit Bierlizenz geöffnet. Das afrikanische Bier der Marke Regab wird meinen Magen beruhigen, hoffe ich. So sitzen wir auf einst weißen Plastikstühlen und essen mit Plastikbesteck ziemlich wortkarg unsere ausgewählten Speisen. Bei einem Verdauungsspaziergang bringt mich das bunte Treiben auf der Straße auf andere Gedanken. Meine Impfungen mögen mich schützen, denke ich bei der Rückfahrt durch die dunkle Nacht und bin froh, hier in Begleitung unserer kleinen Reisegruppe gewesen zu sein.

Uta Mayer · *Verbessern nicht kritisieren* · 2023 · Acryl auf CardboardHänger · 55 x 46,5 cm

„Wir müssen nie kritisieren, sondern verbessern."

Albert Schweitzer

Tag 7 · Montag, 8. Oktober 2018

Besichtigung der Poliklinik ... Uff!

Heute steht der Besuch des 1981 neu erbauten Albert-Schweitzer-Spitals, der Poliklinik, auf unserem straffen Besichtigungsprogramm! Die hohe Luftfeuchtigkeit, der ständige Wechsel zwischen Regen und Hitze und mein schlechter Schlaf machen mir zu schaffen. Zum Glück bin ich bisher von Moskitos verschont geblieben. Mit meinen zwei paar Schuhen versuche ich auszukommen, was bei Sand, Staub und Regenmatsch nicht einfach ist. Nach dem Frühstück starten wir mit der Besichtigung. Eine Zufahrtsstraße führt direkt zum Haupteingang. Das alte Spital reichte damals für den wachsenden Bedarf der Bevölkerung nicht mehr aus. Die einzelnen Kliniken sind geschickt um das Hauptgebäude angeordnet. Kurze asphaltierte Wege mit breiter Überdachung schützen vor Regen und Sonne. Die seitlich tiefen Gräben ermöglichen den Ablauf des Regens zur Flussseite.

Wir betreten die Poliklinik durch den Haupteingang. Vor der Zahlstelle im Wartebereich hat sich bereits eine Menschenschlange gebildet. Ein großer TV-Monitor an der rückwärtigen Wand zeigt Nachrichten aus aller Welt und moderne Werbespots in Französisch. Ein Mobiltelefon liegt am Boden. Mit dem Ladekabel ist es mit einer einzelnen Steckdose verbunden. Die Wartenden sitzen auf harten Holzbänken. Dr. Wolf erklärt uns den Ablauf des Anmeldeprozesses und führt uns im Anschluss durch die Abteilungen. Dr. Wolf erklärt uns die Bedeutung und Besonderheit des Schweitzer-Spitals, den Ablauf des Anmeldeprozesses und führt uns anschließend durch die einzelnen Abteilungen.

In den 3 OP-Sälen wird aktuell nicht operiert, so dass eine Besichtigung möglich ist. Das Sterilisationsgerät für die OP-Bestecke ist ein Geschenk aus Japan. Bei uns werden Einmalbestecke bei der Wunderversorgung aus Kostengründen nicht mehr sterilisiert sondern weggeworfen. Wie nützlich könnten sie hier sein?

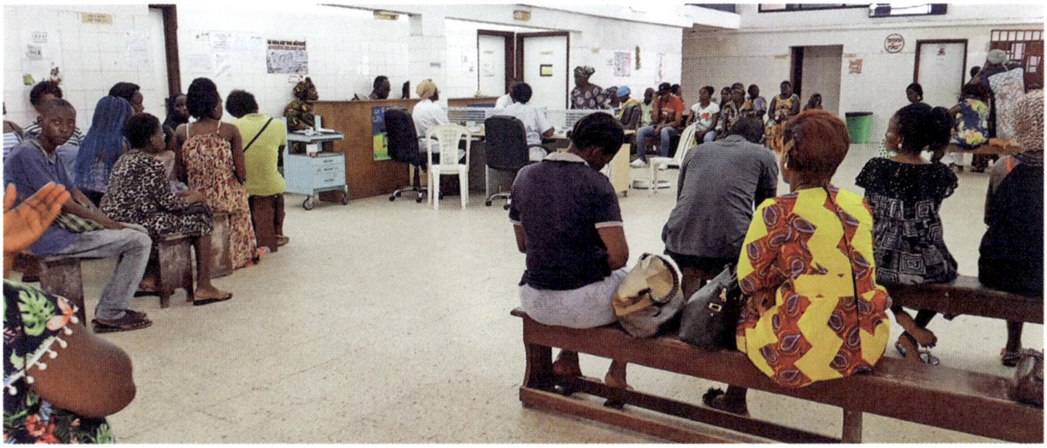

Wartebereich Hauptgebäude

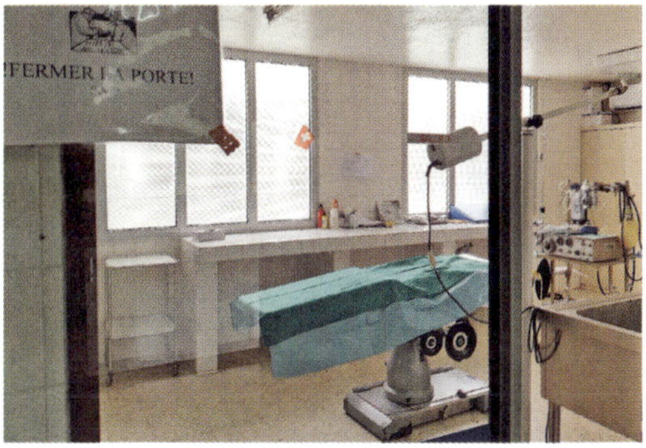

OP-Saal

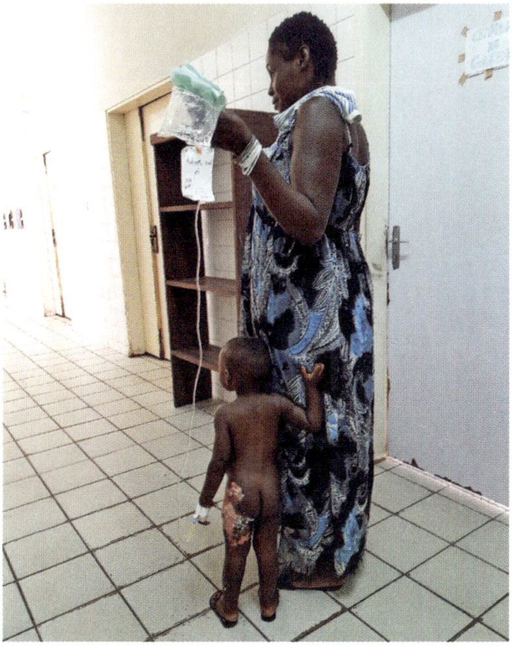

stationär aufgenommener Patient
nach Verbrühung

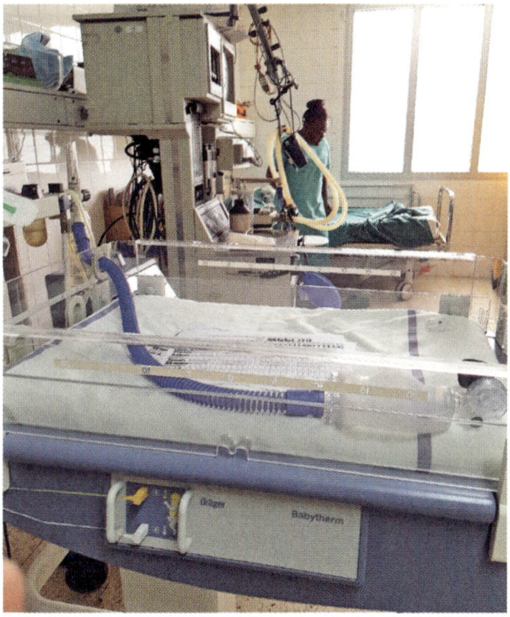

Kreissaal

Verbindungswege zwischen Haupt- und Nebengebäude

Patientenaufnahme in der Kinderklinik

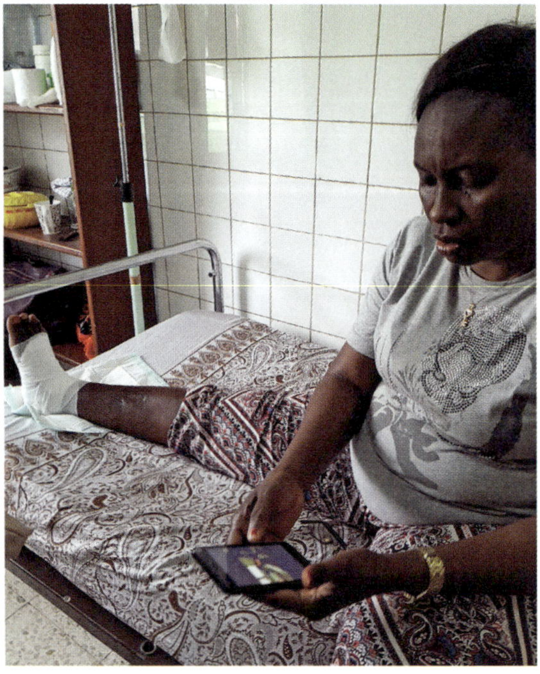
Buruli Patientin

Buruli? Was ist das?

Im Chirurgie Pavillon besuchen wir die an Buruli Erkrankten. Ich sehe zum ersten Mal, welche Schäden diese Krankheit hervorruft und wage es fast nicht zu fotografieren. Betroffen höre ich den Erklärungen von Dr. Wolf zu, der sich nach dem Befinden der Neuzugänge und der Altfälle erkundigt.

Ab ins Lager!

Im Untergeschoss besichtigen wir die Apotheke, das Labor und die Materiallager. Dr. Wolf übersetzt unsere Fragen, die von den Mitarbeiterinnen gerne beantwortet werden.

Lager im UG

In der Kinderklinik … Wo ist das Oropax?

Im Wartesaal der Kinderklinik herrscht großes Geschrei. Mütter und Väter warten auf die Patientenaufnahme. Mit großer Bewunderung beobachte ich die Ruhe und Gelassenheit des freundlichen Krankenhauspersonals. Die ärztliche Untersuchung erfolgt ebenso freundlich und konzentriert am Nebentisch. Leid und Lärm zwingen mich das Gebäude für kurze Zeit zu verlassen. Bei der Besichtigung der Kinderstation begegnet mir eine Mutter mit einem schwerstverbrühten Kind. Sie trägt die Infusionsflasche, der Sohn hängt am Tropf. Dieser Anblick berührt mich sehr.

Ab zum Zahnarzt!

Beim Besuch der Zahnklinik beruhigen sich meine Nerven. Freundliche Helferinnen bitten uns im Wartebereich Platz zu nehmen. Nach Ende der ärztlichen Behandlung führt uns ein Zahnarzt aus dem Nachbarland Kongo durch die Behandlungsräume. Er erklärt engagiert den technischen Entwicklungsstand der Zahnklinik, die Prozessabläufe und beantwortet Dr. Wolfs Fragen zur aktuellen Lage.

Und weiter geht's ...

Eine Besichtigung der Aidsfälle in der Inneren Medizin ist zum Glück nicht vorgesehen.

Blick in die Zahnklinik

...zur Geburtenklinik!

Bei der Besichtigung fällt mir auf, dass nicht jede Mutter glücklich aussieht. Sie ist hier aber sicher untergebracht und wird mit ihrem Neugeborenen gut versorgt. Sehr freundliches Personal! Sehr fürsorgliche Betreuung! Sehr engagierte Ärzte! ... Das sind meine kurzen Notizen, bevor ich zum Mittagessen eile.

Siesta und der Hafenmarkt bei Tag

Am Nachmittag bringt uns ein Taxi nach Lambarene und zurück. Bei Tageslicht fällt der Dreck und die Armut der Umgebung noch stärker auf als bei Nacht. Massenweise trocknen Fische in der sengenden Sonne, von Fliegen umschwärmt. Die Fischer und Lagerarbeiter möchten nicht fotografiert werden. Ich kaufe Stoff mit Elefantenmuster bedruckt, sonst nichts. Nach dem Abendessen verzichte ich auf einen Spaziergang in der Dunkelheit, denn ich bin erledigt und komme mit meinen Tagebucheintragungen in Rückstand. Außerdem fehlt mir mein Sport.

Hafenmarkt

Trocknende Fische

Uta Mayer · *Sinn des Lebens – Erfolg?* · 2023 · Acryl auf CardboardHänger · 55 x 46,5 cm

*„Euer Leben hat keinen Sinn,
wenn ihr nur an das Erfolg haben denkt."*

Albert Schweitzer

Tag 8 · Dienstag, 9. Oktober 2018

Mit dem Mutter-Kind-Dienst in den Busch

Warten vor der PMI/Mutter-Kind-Dienst

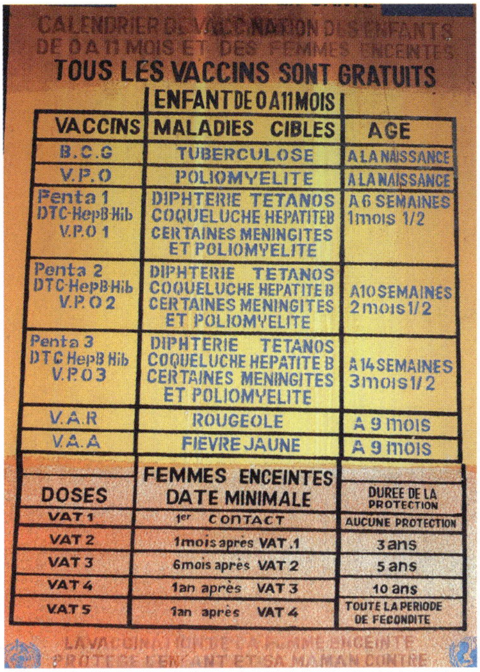

Impfkalender

Heute Morgen liegen jede Menge reife Mangos am Boden, die meisten sind aufgeplatzt. Niemand sammelt sie auf. Es gibt keinen Winter. Braucht man darum keine Vorratshaltung?

Nach dem Frühstück fahren wir mit dem Mutter-Kind-Dienst (Protection maternelle et infantile) auf „Mobile Sprechstunde" in eine Buschambulanz. Dazu warten wir bis die Sprechstunde beendet ist. Der Andrang junger Mütter zur Vorsorge ihrer Kinder ist heute besonders groß. Danach wird das für die Untersuchungen und Unterrichtungen notwendige Material auf den Pickup geladen. Diesem folgen wir heute auf eine Kautschukplantage eines asiatischen Konzerns in den Busch. 2x wöchentlich besuchen die Krankenschwestern des Mutter-Kind-Dienstes die Ambulanzen im Umkreis von 50 km vom Spital. Die genaue Ankunftszeit wird unterwegs gemeldet, da sie abhängig ist vom aktuellen Straßenzustand und vom Ende der Sprechstunde. Dieses Angebot erspart den Familien den weiten Anfahrtsweg ins Spital. Am Behandlungsort wird die mobile Station ausgeladen und aufgebaut. Danach können die anstehenden Untersuchungen durchgeführt werden, z.B. Vorsorgeuntersuchungen, Impftermine,

Fahrt zur Buschambulanz

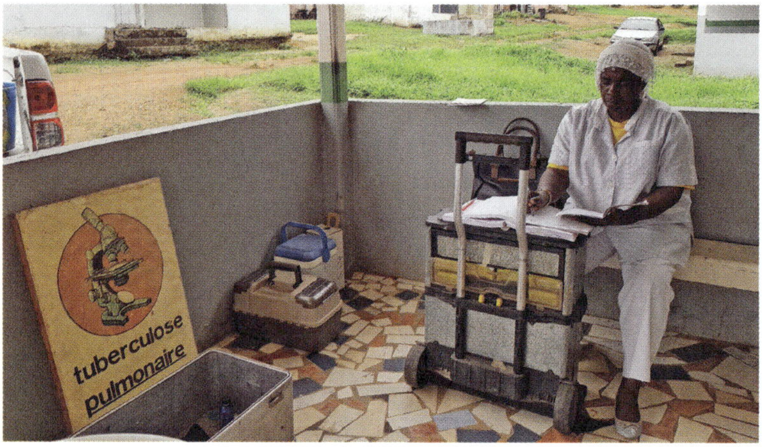

Mobile Station/Buschambulanz

Buschambulanz

Früherkennung von Buruli-Geschwüren, Eingeweidebrüche sowie andere Verletzungen und Krankheiten, die damit frühzeitig festgestellt werden können. Die Arbeit des Mutter-Kind-Dienstes und die Fahrten der Mobilen Sprechstunde sind für dieses schwachbevölkerte Land in den Tropen ein Segen.

Abschied über dem Ogowe

Das offizielle Programm unserer Studienreise endet heute mit einem Ausflug auf die gegenüberliegende Seite des Ogowe. Dort liegt auf einer Anhöhe ein Lokal mit fantastischem Blick auf das Schweitzer-Spital. Man erkennt die Gebäude der Historischen Zone im Vordergrund, die der Poliklinik im Hintergrund und das Lepradorf links davon, kann man unter Bäumen erahnen. Glücklich und dankbar für die informativen und gesunden Tage unseres Studienaufenthalts, stoßen wir mit einem Aperitif auf Dr. Wolf an. Auch er wird erleichtert sein und kann sich nun auf die bevorstehende Spitalstiftungssitzung konzentrieren. Die weiteren Tage bis zu unserer Rückreise stehen uns zur freien Verfügung.

Zum Abendessen fahren wir zurück ins Spital.

Schweitzer-Spital auf der anderen Seite des Ogowe

Uta Mayer · *Ehrfurcht vor allem Leben ....*
Acryl · Fundstücke · 70 x 30 cm hinter Glas

„Ich bin Leben, das leben will, in mitten von Leben, das leben will."

Albert Schweitzer

Tag 9 · Mittwoch, 10. Oktober 2018

Expedition über den Campus

Straße zur nächsten Siedlung

Über den Sportplatz zum CERMEL

Mit einem gemeinsamen Frühstück starten wir in diesen schwülheißen Mittwoch. Mein Weg führt mich heute zu den drei Gebäuden des Forschungszentrums CERMEL. Sie befinden sich unweit der Poliklinik und interessieren mich sehr. Ich gehe in nördliche Richtung am Sportplatz vorbei und erreiche den Gebäudekomplex. Dort herrscht absolute Ruhe. Kein Mensch ist vor Ort, der meine

Fragen beantworten könnte. Ich würde gerne wissen, wie es im Inneren der Gebäude aussieht. Alleine wage ich jedoch nicht die Gebäude zu betreten. Aus den Gesprächen des gestrigen Abends weiß ich, dass gerade ein internationaler Kongress von Ärzten und Forschern von Tropenkrankheiten unter Leitung von Prof. Kremser stattfindet. Ich umrunde unschlüssig eines der Gebäude und setze dann meinen Weg fort.

Nach einer halben Stunde erreiche ich die nächste Siedlung hinter einem stinkenden Müllberg. Ratten huschen vorbei! Wie funktioniert die Müllabfuhr in diesem schwachbesiedelten Land? Weiter geht es über kaum erkennbare, durch Schlingpflanzen überwucherte Pfade. Schlangen? Ratten? Andere Tiere? Am Ende meiner Expedition unterziehe ich Wäsche und Schuhe einer gründlichen Reinigung.

Wie funktioniert die Müllabfuhr?

Auf dem Gelände des Forschungszentrums CERMEL

Doch noch nach Adouma

Am Spätnachmittag besuchen wir gemeinsam Adouma zu Fuß. Der Weg dorthin führt entlang des Ogowe. Wir überqueren einen kleinen Zufluss auf einer unscheinbaren Brücke aus Beton, die 1961 bereits von Albert Schweitzer gebaut wurde, um den Zugang zum Spital zu erleichtern. Ich staune, Albert Schweitzer als Brückenbauer war mir in dieser Weise nicht bekannt. Kurze Zeit später erreichen wir die ersten armseligen Hütten der kleinen Siedlung am Fluss. An der Anlegestelle herrscht reges abendliches Treiben. Die Sonne steht schon tief und am Flussufer waschen Frauen ihre Wäsche. Unter den fußballspielenden Kindern entdecke ich einen Albino Jungen, der erst am Abend ins Freie kann, wenn die Sonne untergeht. Betroffen stecke ich meine Kamera weg. Nach einem Bier in einer Kneipe am Ufer treten wir den Rückweg an und ich bin froh im Dunkeln nicht alleine unterwegs zu sein. Unsere Taschenlampen beleuchten Weg und grüne Vegetation nur spärlich.

Uta Mayer · *Der Doktor – Das Licht im Wald* · 2023 · Acryl auf Leinwand · 24 x 30 cm

„Der große Doktor war das Licht im Wald."

über Albert Schweitzer

Tag 10 · Donnerstag, 11. Oktober 2018

Lambarene auf eigene Faust!

Heute gehe ich zu Fuß nach Lambarene! Nach dem Frühstück laufe ich los. Ich verlasse das Spitalgelände, überquere den Ogowe und schlage den Weg zum Zentrum ein. Die Straße ist staubig und laut. Jedes vorbeifahrende Fahrzeug hüllt mich in eine Wolke aus Staub und Abgasqualm. Wie erleben dies die Bewohner der nahegelegenen Hütten? Man beobachtet mich, meine helle Hautfarbe fällt auf. Ich grüße, manchmal wird mein Gruß erwidert. Als ich an der Tankstelle vorbeilaufe, versuche ich die Luft anzuhalten, leider vergeblich. Ich bewundere die Frauen, die ihre schweren Einkaufskörbe auf Kopf und Schultern tragen und bitte sie um ein Foto.

In einem Wohngebiet fegt ein Hausangestellter die Straße. Mit nur einem Palmwedel als Besen. Geräuschlos und erfolgreich. Ich denke an unsere Laubsauger in Deutschland ...

Auf meinem Weg komme ich an einer katholischen Privatschule vorbei, an der der Schulbetrieb bereits läuft. Die Schulleiterin führt mich spontan durch die Einrichtung und freut sich über mein Interesse. Ich kann den Unterricht einer Grundschulklasse besuchen. Respektvoll und höflich zeigen die Kinder ihr Interesse. *Wo liegt Europa?*, fragt die Lehrerin. Blitzschnell gehen viele Hände in die Höhe. Die Organisation dieser Schule und die Offenheit der Menschen beeindrucken mich sehr. Rechtzeitig zum Mittagessen doch völlig erschöpft erreiche ich das Spital.

Straße in die Stadt

Der Fluss als Wasserweg

Monsunartiger Regen am Mittag

Von prasselndem Regen und den herabfallenden Mangos werde ich aus dem Mittagschlaf geweckt. Den Nachmittag verbringe ich darum auf der überdachten Terrasse des Gästehauses. Welch ein Glück, dass der Regen nicht schon am Vormittag eintrat. Ich verschiebe meinen Besuch im Doktorhaus auf morgen. Die täglich neuen Aspekte des Besichtigungsprogramms und die abendliche Reflektion im Speisesaal werden mir fehlen. Wir durften in den letzten Tagen eine Zeitreise durch **ein Jahrhundert Albert Schweitzer in der Kolonialzeit** machen. Eine einmalige Chance! Als der Regen nachlässt, zieht es mich wie jeden Nachmittag zum Ogowe hinunter. Ob ich sitze oder stehe, dem breiten Fluss nachzuschauen erfüllt mich mit Ruhe und Vertrauen.

Schulklasse in einer katholischen Privatschule

Uta Mayer · Friedenstauben – AS: Ich glaube an die Zukunft
2019 · Acryl auf Cardboard · 50 x 70 cm

*„Ich glaube an die Zukunft unserer Zeit,
aber wir müssen sie machen."*

Albert Schweitzer

Tag 11 · Freitag, 12. Oktober 2018

Und nochmals Lambarene

Warum laufe ich ein zweites Mal die gleiche staubige Straße wie gestern? Die Alternative wäre gewesen ein Taxi zu nehmen. Doch stehen zwei Reisetage bevor. Ich brauche Bewegung. Es ist noch schwüler als gestern. Um rechtzeitig zum letzten gemeinsamen Mittagessen zurück zu sein, muss ich mich beeilen. Ich kaufe nochmals 6 Yards Stoff in der Stadt und mache mich damit auf den Rückweg. Mit Wehmut denke ich an meine morgige Abreise nach Libreville. Für die Fahrt zum Flughafen wird uns bereits für den Morgen ein Taxi bestellt. Ein Zeitpuffer von einem halben Tag ist für die 237 km lange Strecke bei allen Erfahrungen mit Verkehrshindernissen und dem jeweiligen Straßen- und Fahrzeugzustand eine sichere Option. Die Maschine nach Paris startet um 22:20 Uhr.

Letzter Rundgang durch das Spitalgelände und Abschiedsschmerz!

Am Nachmittag ein letzter Rundgang durch das Spitalgelände. Ich besuche Nina, die Schneiderin aus dem Nähatelier. Sie hat mir ein selbstgenähtes rotgemustertes Kleid im afrikanischem Stil geschenkt. Wir haben uns während meines Aufenthalts gut verstanden. Ihre Hütte liegt in der Nähe des Ateliers. Sie kocht gerade für ihre fünfköpfige Familie und ihren jüngeren Bruder Fisch. Das Gemüse dazu kommt aus ihrem kleinen Gemüsefeld, das sie direkt daneben angelegt hat. Sie freut sich über mein Abschiedsgeschenk. Dankend nehme ich ihr Angebot an, ihre Hütte besichtigen zu dürfen. Sofort stehe ich in der Küche, die erstaunlich gut ausgestattet ist. Viele alte Töpfe hängen über dem Gasherd. Nebenan bügelt ihr Mann und verfolgt dabei eine Fußballübertragung im Fernsehen. Nina zeigt mir die beiden Schlaflager der Familie, die mit einem Vorhang voneinander getrennt sind. Auf der einen Seite liegen die drei Matratzen der Kinder am Boden, auf der anderen Seite die der Eltern. Kleiderschränke oder Truhen gibt es nicht. Wo bewahren sie ihre Kleidung auf?

Blick in die Küche

Großer Dank beim Abendessen!

Das letzte Abendessen im Speisesaal endet mit einem großen Dank an Dr. Wolf:

... Für die vielen Informationen über das Spital und dessen aktuelle Situation.

... Für alle Informationen über dieses schwachbesiedelte Land an der Westküste Zentralafrikas.

... Für den Blick auf die aktuellen Herausforderungen des Landes, das ich nie als Reiseland gewählt hätte.

... Für die Möglichkeit Albert Schweitzers Leben in Lambarene besser verstehen zu können.

Uta Mayer · *Dankbarkeit – verschiebe nie*
2018 · Acryl auf Leinwand · 60 x 30 cm

„Verschiebe die Dankbarkeit nie! Bezeuge sie an dem Tag, an dem du sie empfindest.“

Albert Schweitzer

Tag 12 · Samstag, 13. Oktober 2018

Reisefieber … Abschiedsschmerz … 237 km nach Libreville!

Mein letzter Morgen in Lambarene. Der Aufenthalt im Albert-Schweitzer-Spital lässt sich leider nicht verlängern. Das Visum ist nur 12 Tage gültig. Mein Koffer ist gepackt. Der Abschied nach dem Frühstück fällt mir schwer. Dr. Wolf bereitet sich für die heutige Stiftungsratssitzung vor und bleibt noch einige Tage länger. Unsere kleine Reisegruppe muss die Fahrt mit dem Taxi selbstständig bewerkstelligen. Es wird spannend werden. Zum Glück waren die Regenfälle der letzten Tage nicht sehr heftig. Die Straßen dürften einfacher passierbar sein als auf der Herfahrt vergangene Woche. Vertrauensvoll warten wir, bis das Taxi vorfährt. Es ist pünktlich und die Tochter der Verwalterin, die in Libreville studiert, nutzt die Gelegenheit, um mitzufahren. Wir verabschieden uns von den Angestellten der Historischen Zone und quetschen uns in den Fahrzeugfond.

Angekommen … Viel zu früh!

Kurz nach der Stadtgrenze werden wir das erste Mal gestoppt. Unser Taxifahrer schaltet den Motor aus und verlangt unsere Pässe. Er steigt aus und verschwindet. Was wird sein, wenn …? Nach einer gefühlten Ewigkeit erscheint er wieder, mit den Pässen in der Hand. Erleichterung! Wir können weiterfahren. Der Straßenzustand scheint sich zwischenzeitlich verschlechtert zu haben. Wird Lambarene nach der Regenzeit mit Fahrzeugen noch erreichbar sein? Viel zu früh und kräftig durchgeschüttelt kommen wir am Flughafen an. Die lange Wartezeit bis zum Abflug ist schwierig zu überbrücken, da das Flughafengebäude sehr klein ist und es nur einen Stand gibt, der einen ordentlichen Kaffee anbietet, den ich jetzt gut gebrauchen kann. Schließfächer für die Gepäckaufbewahrung gibt es nicht, so dass ich mein Gepäck nicht aus den Augen lasse. Die Stunden bis zum Check-in schleppen sich dahin, doch dann können wir ins Flugzeug steigen. Es sind nur wenige Sitzplätze belegt. Ich warte noch bis die geplante Flughöhe erreicht ist und schlafe dann in Gedanken an Lambarene erschöpft ein.

Blick in die Historische Zone

Rückfahrt nach Libreville

Uta Mayer · *Deine Gaben – nutze sie* · 2018 · Acryl auf Leinwand · 50 x 40 cm

„In irgendeiner Weise ist es uns allen möglich mit unserer Zeit, mit unseren Gaben, mit dem, was wir im Herzen tragen anderen zu helfen."

Albert Schweitzer

Tag 13 · Sonntag, 14. Oktober 2018

Zurück in Europa

Früh am Morgen gut in Paris gelandet! Airport Charles de Gaulle leer wie nie! Terminalsuche wieder schwierig! Gepäck wird durchgereicht! Cafeteria bis zum Weiterflug nach MUC gemütlich! Cappuccino statt Nescafé! Zurück in Europa! Traurig?

Mehr steht nicht in meinem Tagebuch für den 14. Oktober 2018. Doch der Kulturschock war bei keiner Reise größer. Die Angebotsfülle der Flughafenshops in Paris erschlägt mich. Zügig laufe ich daran vorbei.

Für den Weiterflug nach München muss ich das Terminal wechseln. Der Flug verläuft angenehm. In der S-Bahn zum Bahnhof beobachte ich die Fahrgäste. Man sieht mir nicht an, dass ich aus Lambarene komme, und man weiß auch nicht, was ich gerade denke.

Im Zug nach Wasserburg!

Beim Blick aus dem Fenster nehme ich die Landschaft des Allgäus wahr. Grün! Und doch: welch Unterschied zu den Lianen am Ogowe. Heimische Fichtenwälder ... tropische Regenwälder... Vorsorglich habe ich die Regenjacke angezogen. Bis ich wirklich wieder in Deutschland angekommen bin, wird es einige Tage dauern. Ich greife nach meinem Albert-Schweitzer-Tagebuch und lese, was ich mir anfänglich notiert habe:

„... von jenem Tag an habe ich gewagt, mich von der Menschenfurcht zu befreien. Wo meine innerste Überzeugung mit im Spiel war, gab ich jetzt auf die Meinung anderer weniger als vorher. Die Scheu vor dem Ausgelachtwerden durch die Kameraden suchte ich zu verlernen."

„Am 13.10.1905 warf ich in Paris Briefe ein, in denen ich meinen Eltern und einigen meiner nächsten Bekannten mitteilte, dass ich mit Anfang des Wintersemesters Student der Medizin werden würde, um mich später als Arzt nach Äquatorialafrika zu begeben."

1908 schrieb er dazu:

„Die drei Jahre, die hinter mir liegen sind grausig. – Theologische Dozentur, Konzerttätigkeit, Orgelreisen, Konfirmandenunterricht, Predigtamt + Medizinstudium ... doch innerlich ruhig und glücklich ..."

Im Sommer 1912 heiratet er Helene Bresslau und schreibt in einem seiner Briefe an sie:
„Wie muss ich Gott dankbar sein, für diese prima Qualität Nerven"...

Und dann stand da noch:
Nachdem er im Februar 1913 seinen Doktor in Medizin absolviert hatte, reiste das Ehepaar Schweitzer am Ostersonntag, dem 21. März 1913 von Günsbach über Bordeaux nach Lambarene. Der gesamte Hausstand – 70 Koffer mussten im Hafen von Pauillac auf den Kongodampfer Europe verschifft werden, der die Schweitzers nach drei Wochen und mehr als 5000 km auf stürmischer See nach Lambarene brachte.

„... als Internierte nach Europa zurück verfrachtet worden. Der Weg hat durch zwei Lager geführt. Die ganze Zeit nach dem Kriege [...] hatte ich in meiner Straßburger Abgeschlossenheit das Gefühl eines unter ein Möbel gerollten und dort verlorenen Groschens gehabt."

„Die erste Orgel, die ich errichtet habe, ist das schöne Werk von Silbermann zu St. Thomas in Straßburg."

Und danach steht:
„Was mir Bach ist?" ... „Ein Tröster".

Und dann steht da noch aus einem Brief an Albert Schweitzer:
„Nur weil Sie so eine gute Gesundheit haben, haben Sie so etwas fertigbringen können."

Ja, denke ich, mit der Haut eines Nilpferds und dem Herzen einer Gazelle und schaue den vorbeihuschenden Hügeln des Allgäus nach. Grün! So grün! Und dann freue ich mich auf mein Zuhause, meine Pinsel und Farben und denke ...

Uta Mayer · *Ein Leben für Lambarene* · 2023 · Acryl auf Cardboard Hänger · 55 x 48 cm

„Das Wenige, das du tun kannst ist viel"

Albert Schweitzer

Uta Mayer · *Brücken bauen_ Frieden über ...* · 2018 · Acryl auf Leinwand · 70x70 cm

„Soviel an Euch liegt, habt mit allen Menschen Frieden"

Nobelpreisträgerrede Oslo 4.11.1954

Die Verbreitung der Ethik der „Ehrfurcht vor dem Leben" Albert Schweitzers

Es ist ganz natürlich, dass ein Mann von der Ausstrahlung Schweitzers auch außerhalb seines Heimatlandes auf großes Interesse und Anerkennung stoßen musste. Seine Tätigkeit beschränkte sich nicht auf Lambarene. Seine Konzerte und Vorträge in vielen Ländern waren im Wesentlichen dazu bestimmt, den Spitalbetrieb in Lambarene zu finanzieren.

Wenn er als Arzt und Bauherr des Hospitals in der ganzen Welt bekannt war, so erhielt er auch als bedeutender Organist, Musikkenner, Philosoph und Theologe weit über die Grenzen seiner elsässischen Heimat hinaus internationale Anerkennung. Ab 1949, d.h. zu seinen Lebzeiten (er war damals 74 Jahre alt), wurden die verschiedenen Hilfsvereine in der Schweiz, Deutschland, Frankreich, Schweden, Holland, England, USA usw. gegründet. Ihr Zweck war es, dem Albert-Schweitzer-Spital in Lambarene im Rahmen seiner Möglichkeiten die nötigen Mittel zur Weiterführung seiner Tätigkeit zu verschaffen und auf lange Zeit zu sichern.

In diesem losen Gefüge der internationalen Hilfe war Schweitzer selber der unermüdliche Koordinator, der es zustande brachte, dass die notwendigen Medikamente und Materialien rechtzeitig zur Verfügung standen. Bereits Albert Schweitzer gründete 1930 die internationale Vereinigung AISL(Association Internationale pour l'Œuvre du Docteur Schweitzer de Lambaréné). Sie hat ihren Sitz in Günsbach/Elsass und ist dem französischen Recht unterstellt. Sehr konkret gesehen, möchte die AISL die Philosophie und das Gedankengut Schweitzers Menschen aus aller Welt zugänglich machen. Sie unterhält zu diesem Zweck das Albert-Schweitzer-Archiv und Museum in Günsbach.

Was die spitalspezifischen Bedürfnisse betrifft, hat die AISL eine internationale Stiftung (FISL) im Gabun gegründet, deren Ziel die Leitung und Koordination der materiellen Hilfe für das Spital ist. Da diese Hilfe aus vielen Ländern stammt, muss sie natürlich so organisiert sein, dass sich die Lieferungen ergänzen und nicht gleichzeitig gleiche Waren oder Medikamente eintreffen, die durch die Lagerung im tropischen feuchten Gabun vor dem Gebrauch Schaden nehmen. Die AISL hat ihrerseits die Wichtigkeit der internationalen Beziehungen wahrgenommen und bemüht sich in unermüdlicher Weise, das Lebenswerk Schweitzers in die Welt hinauszustrahlen. Dem Verein gehören denn auch Albert-Schweitzer-Freunde aus 14 europäischen Ländern sowie aus den USA, Gabun und Japan an, die sich mindestens einmal pro Jahr im Elsass treffen. Gegenseitige Verständigung ist notwendig, um die Abläufe zu koordinieren.

www.schweitzer.org · www.gunsbach.org

Der Mutter-Kind-Dienst: heute wie morgen unverzichtbarer Bestandteil des Schweitzer-Spitals

Von Roland Wolf

Vierzig Jahre ist es nun her, dass sich die Weltgesundheitsorganisation die Gesundheit für alle zum Ziel gesetzt hatte, eine allgemein verfügbare und für alle erschwingliche Gesundheitsversorgung innerhalb des Gemeinwesens. Eine der Maßnahmen, die zu diesem Ziel führen sollten, war die Gesundheitsversorgung von Müttern und Kindern einschließlich Maßnahmen zur Familienplanung.

In diesem Sinne startete das Albert-Schweitzer-Spital im Jahre 1999 das „Santé communautaire“ (Gesundheit im Gemeinwesen) genannte Projekt. Durch die regelmäßige Betreuung und Stärkung von Krankenstationen (Dispensaires) in Lambarene und Umgebung sollte eine bevölkerungsnahe ambulante Erstversorgung und Gesundheitsvorsorge geleistet und damit auch das Krankenhaus entlastet werden.

Nachdem die finanzielle Unterstützung durch den Staat ausblieb und die verantwortliche Ärztin in das Regierungskrankenhaus wechselte, musste die Aktivität des Dienstes neu organisiert werden. Auch wenn die Krankenschwestern des Mutter-Kind-Schutzes PMI (Protection maternelle et infantile) nun nur noch gelegentlich über ärztliche Begleitung verfügen können, halten sie ihren Rhythmus von zwei Ausfahrten pro Woche bei. Ziel sind zehn Krankenstationen in bis zu 50 Kilometern Entfernung vom Spital, die zwischen sieben und neun Mal im Jahr besucht werden.

Diese Krankenstationen sind staatliche Einrichtungen, die leider wie das öffentliche Gesundheitssystem im Allgemeinen in einem desolaten Zustand sind. Das trifft nicht nur auf den baulichen Zustand zu, sondern auch auf die Versorgung mit Medikamenten und staatlich geprüftem Pflegepersonal. Allzu oft stehen die Patienten aus diesen Gründen vor verschlossener Tür und müssen in ernsten Fällen den weiten und teuren Weg mit dem Buschtaxi nach Lambarene auf sich nehmen.

Das jeweils beim vorigen Besuch angekündigte Kommen des mobilen PMI-Dienstes aus dem Schweitzer-Spital ist deshalb für alle Mütter mit Kleinkindern höchst willkommen und eine Gelegenheit, sich wie bei einem besonderen Ereignis herauszuputzen.

Schon bevor der Pickup des Spitals die Buschambulanz erreicht, rufen Krankenschwestern und Chauffeur laut aus dem Autofenster „He, die PMI ist da. He, bringt eure Kinder!“ Und dann eilen aus allen Winkeln Frauen mit Kleinkindern herbei und lassen sich im Schatten des Gebäudes oder auch eines daneben stehenden Mango- oder Pampelmusenbaumes nieder.

Eine Krankenschwester befestigt eine mit einer Tragevorrichtung versehene Waage am Türrahmen oder hängt sie an den Ast eines Baumes. Größere Kinder, die schon stehen können, werden auf der Bodenwaage gewogen. Das Gewicht sowie der allgemeine Gesundheitszustand werden in ein Register eingetragen, der Besuch in dem von den Müttern mitgeführten Gesundheitsbuch vermerkt. Dort sieht sie auch, ob eine Impfung notwendig ist. Diese ist kostenlos, da der Fünffach-Impfstoff im Rahmen eines staatlichen Programms für alle Kinder bis zu 18 Monaten zur Verfügung gestellt wird.

Für die Untersuchung und die eventuell verabreichten Medikamente ist nur ein kleiner Betrag von umgerechnet 3 Euro fällig. Das ist ein Anreiz für die Mütter, die sich den Weg nach Lambarene sparen, und zugleich eine Entlastung für die Ambulanz des Krankenhauses.

Während am großen Tisch die Arbeit routiniert weiter geht, beginnt eine Schwester in der anderen Hälfte des Raumes oder vor dem Gebäude mit der Unterweisung der Mütter. Da geht es um Malaria, Aids, Tuberkulose, Ernährung oder zum Beispiel um die Krankheiten, die von Würmern übertragen werden. Große Schautafeln zeigen hier den Weg des Wurms vom Eintritt in die Haut bis ins Blut. Im rhythmischen Wechsel wird die Botschaft in einfachen Sätzen von der Schwester vorgetragen, von den Zuhörern wiederholt. Absichtlich unvollendete Aussagen werden vervollständigt, wichtige Regeln mit Klatschen verstärkt. Alles in der Hoffnung, dass fortan die Kinder nicht mehr barfuß zum Früchtesammeln in den Wald geschickt werden.

Ist der Andrang groß, sind die Krankenschwestern bis zum Nachmittag beschäftigt, bevor das Auto beladen und der Rückweg nach Lambarene angetreten wird. In einigen Tagen werden sie in einem anderen Dorf sein, in vier bis sechs Wochen wieder an der heute besuchten Stelle....

Das schwach bevölkerte Land Gabun hat seit Jahrzehnten eine aktive Geburtenpolitik betrieben und aus diesem Grund Verhütungsmittel verboten. Angesichts der Ausbreitung von Aids und Geschlechtskrankheiten wurde aber schließlich Anfang dieses Jahrhunderts der Gebrauch von Präservativen empfohlen. Dies konnte jedoch nicht die Zahl der unerwünschten Schwangerschaften verhindern, die allzu oft Jugendliche im Schulalter betreffen und dann nicht selten zu heimlichen Abtreibungen führen. Und so landen auch jedes Jahr mehrere Dutzend junge Frauen nach missglückten Abtreibungsversuchen in der Notaufnahme des Schweitzer-Spitals.

Diese frühen Schwangerschaften sind nicht nur gefährlich für die Gesundheit der jungen Frauen und der Neugeborenen, sondern setzen auch oft der schulischen Ausbildung ein vorzeitiges Ende und vergrößern die prekäre wirtschaftliche Lage der Familie.

Hier bietet sich dem Mutter-Kind-Dienst eine wichtige Aufgabe der Prävention durch die Sensibilisierung und Information der jungen Mütter. Denn Sensibilisierung, also Information und Erziehung zur Geburtenkontrolle sind die beste Vorbeugung gegen heimliche Abtreibungen, sekundäre Sterilität und die zahlreichen physischen und sozialen Probleme von Mutter und Kind.

Nach übereinstimmender Meinung von Stiftungsrat und Direktion soll der Mutter-Kind-Dienst auch in Zukunft eine große Rolle spielen......., der außer ihm die bereits bestehenden Abteilungen Schwangerschaftsuntersuchungen, Geburtsklinik und Kinderklinik umfasst sowie einen neu einzurichtenden Informations- und Untersuchungs-Dienst zum Thema Familienplanung. Kinder, die an Buruli-Geschwüren, Eingeweidebrüchen, Verbrennungen oder Unfallfolgen leiden und im Spital operiert wurden, sollen ebenfalls in diesen Sektor integriert und dort gemeinsam von Chirurgen und Kinderärzten betreut werden....

Der Deutsche Hilfsverein hatte 1999 das Projekt der Gesundheit im Gemeinwesen mit angeschoben und viele Jahre finanziert. Seit einigen Jahren engagiert er sich auch stark für die an Buruli erkrankten Kinder, deren Eltern die langen Behandlungen nicht oder nur zum Teil bezahlen können. Deshalb ist es uns ein besonderes Anliegen, dieses Projekt zu unterstützen. Wir hoffen dazu auf Ihre Unterstützung.

Auszug aus www.albert-schweitzer-heute.de

Uta Mayer · *Albert Schweitzer – Multitalent – Ehrfurcht vor dem Leben – Güte!*
52 x 46 cm auf Holz

„Was ein Mensch an Gutem in die Welt hinausgibt, geht nicht verloren."

Albert Schweitzer

Uta Mayer · *Friedensengel* · 2017 · Installation Schwanenfedern auf Leinwand · 115 x 75 cm

Uta Mayer · *Albert Schweitzer – Ohne Worte auf Holz*

Lebensstationen von Albert Schweitzer

14. Januar 1875	geboren in Kaysersberg/Elsass 2. Kind des Pfarrverwesers Ludwig Schweitzer & Adele Schweitzer
1875	Umzug nach Günsbach bei Münster/Elsass
1880 – 1884	Besuch der Volksschule in Günsbach
1885	Besuch der Realschule in Münster im Elsass
1885 – 1893	Besuch des Gymnasiums in Mülhausen
18. Juni 1893	Reifeprüfung
Oktober 1893	Beginn der theologischen & philosophischen Studien Uni Straßburg
1. April 1894	Militärdienst beim Infanterieregiment 143 in Straßburg
1893 – 1899	Studium in Straßburg, Paris und Berlin
Pfingsten 1896	Vorsatz des „unmittelbaren menschlichen Dienens" ab 30stem Lebensjahr
6. Mai 1898	Erste theologische Prüfung
Oktober	Studien an der Pariser Sorbonne... Orgelspiel bei Charles-Marie Widor
März 1899	Rückkehr nach Straßburg
Sommer	Studium in Berlin ... kulturphilosophische Studien
Juli	Promotion Dr. phil. Universität Straßburg
Dezember	Übernahme Prediktamt Schweitzer wird Lehrvikar in St. Nicolai &Privatdozent in Straßburg
15. Juli 1900	Zweite theologische Prüfung
21. Juli	Promotion Dr. theol. Universität Straßburg
1901	Kommissarischer Leiter des Thomasstifts in Straßburg

1. März 1902	Habilitation an der Universität Straßburg als Privatdozent Antrittsvorlesung über die Logos-Lehre im Johannesevangelium
1903 – 1906	Direktor des Thomasstifts Straßburg
Herbst 1904	Ein Artikel in den Berichtsheften der Pariser ev. Mission sagt Schweitzer, was für ihn „unmittelbares Dienen" zu bedeuten habe.
15. Oktober 1905	Ankündigung des Entschlusses, Tropenarzt zu werden.
1905 – 1912	Medizinstudium berufsbegleitend
1912	Ärztliches Praktikum
Frühjahr	Aufgabe der Lehrtätigkeit an der Universität Straßburg und des Predigtamtes an St. Nicolai. Tropenmedizinischer Kurs in Paris.
18. Juli	Heirat mit Helene Breßlau (1879-1957)
Februar 1913	Promotion zum Dr. med Universität Straßburg
1. Ausreise **21. März 1913** Ostersonntag	Nach Lambarene Albert Schweitzer mit Helene + 70 Koffern Günsbach – Bordeaux – Lambarene Mit Kongodampfer Europe entlang der afrikanischen Westküste ... Golf v. Biscaya ... 27 Tage Ankunft 16.4.1913 Errichtung des Tropenspitals auf dem Gelände der Pariser ev. Missionsstation von Andende
September 1915	„Ehrfurcht vor dem Leben" auf einer Piroge auf dem Ogowe
3. Juni 1916	Tod von Mutter Adele durch scheuendes Militärpferd in Günsbach
1917 – 1918	Internierungslager in Frankreich (deutsche Staatsbürger)
Juli 1918	Heimkehr nach Günsbach über die Schweiz. Schwere Krankheit als Folge der Internierung.
September	1. Operation in Straßburg
Oktober	Vikar an St. Nicolai, gleichzeitig Assistenzarzt am Bürgerspital in Straßburg

14. Januar 1919	Geburt Tochter Rhena
Sommer 1919	2. Operation in Straßburg
Herbst	2 Orgelkonzerte in Barcelona
1920	Vorlesungen... Vorträge über Lambarene und Orgelkonzerte in Schweden Einladung von Erzbischof Söderblom/Uppsala zur Schuldentilgung. Hoffnung auf Rückkehr nach Lambarene
1921	Theologische Fakultät Zürich vergibt 1. Ehrendoktorgrad Angebot Professur zugunsten Rückkehr Lambarene ausgeschlagen
April	Familie Schweitzer zieht zum Vater ins Pfarrhaus von Günsbach ancien.presbytere@schweitzer.org
1921–1922	Vorträge & Konzerte in der Schweiz und Schweden, England ... Organist Matthäuspassion v. Bach in Barcelona
1923	Schwierige Gespräche mit ev. Missionsgesellschaft Paris wegen Rückkehr nach Lambarene Vortragszyklus Kulturphilosophie Prag Schweitzer lässt für seine Familie in Königsfeld/Schwarzwald ein Haus bauen. Seit der Internierung ist Helene an Tuberkulose erkrankt. Helene zieht mit Rhena nach Königsfeld. Sie muss auf die geplante Ausreise nach Lambarene verzichten.
2. Ausreise 1924–1927	Mit N. Gillespie Student Oxford / Helfer vor Ort
21. Februar 1924	Abfahrt von Bordeaux Ankunft 19.4.1924 Lambarene Wiederaufbau des verfallenen Spitals nach mehr als 3 Jahren Abwesenheit
Juli	Ankunft Mathilde Kottmann/ Krankenschwester
Oktober	Ankunft Victor Nessmann/Arzt
1925	Ankunft Marc Lauterburg /Arzt Ankunft Emma Haussknecht/ 2. Pflegerin Wegen Platzmangel Bau eines neuen Spitals 3 km flussaufwärts von Andende am heutigen Standort

5. Mai 1925	Tod des Vaters Ludwig „Ich habe keine Zeit zurückzukommen! Erst muss ich mit dem Bauen soweit sein, dass meine Kranken gut versorgt sind." AS
21. Januar 1927	Altes Spital wird an den neuen Ort verlegt. Umsiedlung in das neue Tropenspital auf eigenem Gelände
21. Juli	Rückkehr nach Europa
1927 – 29	Vorträge in Schweden, Dänemark, Holland, Großbritannien, Tschechoslowakei, Schweiz, Orgelkonzerte in Deutschland
28. August 1928	Albert Schweitzer Rede I: Goethepreis der Stadt Frankfurt. Dankansprache im Goethehaus mit Preisgeld Bau des Albert-Schweitzer-Hauses in Günsbach Vortrags- u. Konzertreisen Schweiz, Deutschland, Tschechosolwakei
3. Ausreise 1929 – 1932	
26. Dezember 1929	Nach Lambarene mit Helene
1930	3 Monate später: schlechter Gesundheitszustand zwingt Helene zur Rückkehr nach Europa.
Januar 1932	Rückkehr nach Europa Vorträge u. Konzerte in Deutschland, den Niederlanden, England u. Schottland. Ehrendoktor Oxford
22. März	Albert Schweitzer Rede II : Gedenkrede im Frankfurter Opernhaus zum 100. Todestag Goethes
Juli 1932	Albert Schweitzer Rede III: Goethe als Denker und Mensch
4. Ausreise 1933 – 1934	
März 1933	Nach Lambarene
Januar 1934	Rückkehr nach Europa
Oktober	Vorträge in Oxford und Edinburgh
5. Ausreise Februar 1935	Nach Lambarene für 5 Monate

ab August 1935	Aufenthalt in England
April–Mai 1936	21 Konzerte in der Schweiz
6. Ausreise Januar 1937	Nach Lambarene für 1 Jahr
12. Januar 1939	Rückkehr nach Europa für 12 Tage, um seine Angelegenheiten zu regeln und seine Medikamentenvorräte zu ergänzen. Der bevorstehende 2. Weltkrieg scheint ihm unvermeidbar
7. Ausreise Februar 1939	Nach Lambarene für fast 10 Jahre
1940	Kämpfe in der Gegend von Lambarene
	Das Spital ist neutral. Verletzte beider Parteien werden gepflegt.
1941	Helene gelingt es, über Portugal und Angola nach Lambarene zu kommen
1942	Die USA und Schweden versorgen das Spital mit Medikamenten und Nahrungsmitteln und garantieren damit die Weiterarbeit.
1946	Helene kehrt nach Europa zurück.
28. Oktober 1948	Rückkehr Albert Schweitzer nach Europa
8. Juli 1949	Albert Schweitzer Rede IV: Goethevortrag in Aspen(Colorado/USA) zum 200 Geburtstag von Goethe : Goethe und das Werk
8. Ausreise Oktober 1949	Nach Lambarene mit Helene bis Juni 1950
1950	Beginn des Baus des Lepradorfs unweit des Spitals mit dem Geld des Goethevortrags in Aspen/USA
Mai 1951	Rückkehr Albert Schweitzer nach Europa
September 1951	**Friedenspreis des Deutschen Buchhandels in Frankfurt**
9. Ausreise Dezember 1951	Nach Lambarene für 7 Monate

1952	Paracelsus-Medaille der deutschen Ärzteschaft (seit 1952) Prinz-Carl-Medaille Schweden für humanitäre Hilfe (seit 1945)
10. Ausreise November 1952	Nach Lambarene
30. Oktober 1953	**Verleihung des Friedensnobelpreises rückwirkend für 1952** Fertigstellung des Lepradorfes mit Preisgeld
1954 April	Ruf an alle Wissenschaftler, die Völker über die „Schreckliche Wahrheit" der Wasserstoffbombe aufzuklären.
Mai	Rückkehr nach Europa für 6 Monate
28./29. Juli 1954	Letzter öffentlicher Auftritt als Organist in der Straßburger Thomaskirche
30. Juni – 2. Juli	**Gast der 4. Nobelpreisträgertagung in Lindau** **Weiterfahrt Mainau-Schaffhausen, Orgelbesichtigung Münster**
4. November	**Dankrede für den Friedensnobelpreis in Oslo/Norwegen „über das Problem des Friedens in der heutigen Welt."** **zitiert Paulus: „Habt mit allen Menschen Frieden."** Ehrenmitglied der amerikanischen „Academy of Art and Science"
11. Ausreise Dezember 1954	Nach Lambarene mit Helene
14. Januar 1955	80ster Geburtstag viele Auszeichnungen
Mai	Fertigstellung des Lepradorfes
Juni – November	Rückkehr nach Europa für 6 Monate Reisen nach Paris und England
12. Ausreise 1955	Nach Lambarene mit Helene
23. April 1957	„Appell an die Menschlichkeit" gegen die Atomrüstung/Radio Oslo
22. Mai	Helene verlässt Lambarene
1. Juni 1957	Helene Schweitzer-Breßlau stirbt in Zürch
August	Rückkehr nach Europa für 4 Monate

Spätsommer	Bruch des rechten Mittelhandknochens – starke Behinderung
13. Ausreise Dezember 1957 – August 1959	Nach Lambarene
28./29./30. April 1958	3 Radioappelle über die Gefahren der Atombombe/Radio Oslo Veröffentlichung des Buchs „Friede oder Atomkrieg"
Ende August 1959	Rückkehr nach Europa für 3 Monate
Oktober	Entgegennahme des Sonningpreises in Kopenhagen (für kulturelle Leistungen) Letzte Deutschlandreise. Reisen nach Belgien und Holland
November	3 Wochen Paris
14. Ausreise 9. Dezember 1959	14. u. letzte Ausreise nach Lambarene
23. Juli 1960	Briefmarke der neuen Republik Gabun mit Portrait Schweitzer
	In den folgenden Jahren werden Reisen geplant aber nicht durchgeführt
14. Januar 1965	Feierlichkeiten zum 90sten Geburtstag Besucher aus aller Welt
27. August	Letzter Brief: *„Gesundheitlich geht es mir gut"*
Ende August	seine Kräfte lassen rasch nach
4. September 1965	Albert Schweitzer stirbt in Lambarene *„Was mir Bach ist... ein Tröster"*
5. September	Beisetzung neben seiner Frau Helene in Lambarene Die Spitalleitung übernimmt seine Tochter Rhena Schweitzer-Miller, die nach medizinischer Ausbildung seit 1960 in Lambarene arbeitet.
1981	Der Neubau der heute bestehenden Poliklinik erfolgt

Nachwort

„Ja, es stimmt alles!", denke ich dankbar. Es war ein Geschenk, diese Reise machen zu dürfen. Und ich weiß jetzt: Man kann das bunte Leben Albert Schweitzers nicht erfassen, wenn man sein Spital in Lambarene nicht kennt. Das tropische Klima selbst erlebt zu haben, ist gänzlich anders als es Berichten zu entnehmen. Ich denke weiter an Helene Schweitzer-Bresslau, die 1956 nochmals zu ihrem Mann nach Lambarene reiste.

Nein, man kann sich das tropische Klima und die geographische Lage des Spitals nicht vorstellen, wenn man nie durch die Historische Zone gelaufen ist, nicht die Erde gespürt hat, nicht die Gebäude betreten hat, die heute Museum sind, wenn man nicht den würzigen Duft des Urwalds eingeatmet hat, nicht die Vögel pfeifen hörte, nicht die Ameisen beobachten konnte, wie sie sich über die aufgeplatzten Mangoschalen hermachten, nicht dem Pelikan zusah, wie er blitzschnell Fische verschlingen konnte ... und nie am Ogowe saß.

Und ich könnte jubeln: Ich war in Lambarene!

Nun ist aus meinem Fotobuch 2018 ein Lambarene-Bildband geworden, der versucht, Fotos dieser Studienreise mit meinem ganz persönlichen Reisebericht zu verknüpfen, und der gleichzeitig einige Exponate zeigt, die zwischen 2018 und 2023 aus einer Vielzahl unterschiedlicher Materialien entstanden sind.

„Warum engagieren Sie sich so für Albert Schweitzer?", werde ich oft gefragt.

Die Antwort ist einfach.Dieser Mann ging nach Afrika, um zu helfen, wo Hilfe nottat – zu einer Zeit, wo es dort keine Ärzte gab, doch viele von Krankheiten gezeichnete notleidende Menschen. Zu einer Zeit, in der Rohstoffe aus Afrika nach Europa transportiert wurden, versuchte Albert Schweitzer Gelder für Verbandsstoffe und Medikamente zu sammeln, um sie nach Afrika zu transportieren. Er begann, seine Stimme gegen die atomare Rüstung u erheben, als er sah, welchen Gefahren die Menschheit und ihre Mitwelt damit ausgesetzt sind. Ihm war der Erhalt jeglichen Lebens wichtig, unabhängig von Hautfarbe und Kontinent, von Geschlecht und Alter, von Religion und Krankheit.

Ja denke ich, so sollte es auch heute sein.

Ehrfucht vor dem Leben
le respect de la vie
reverence for life

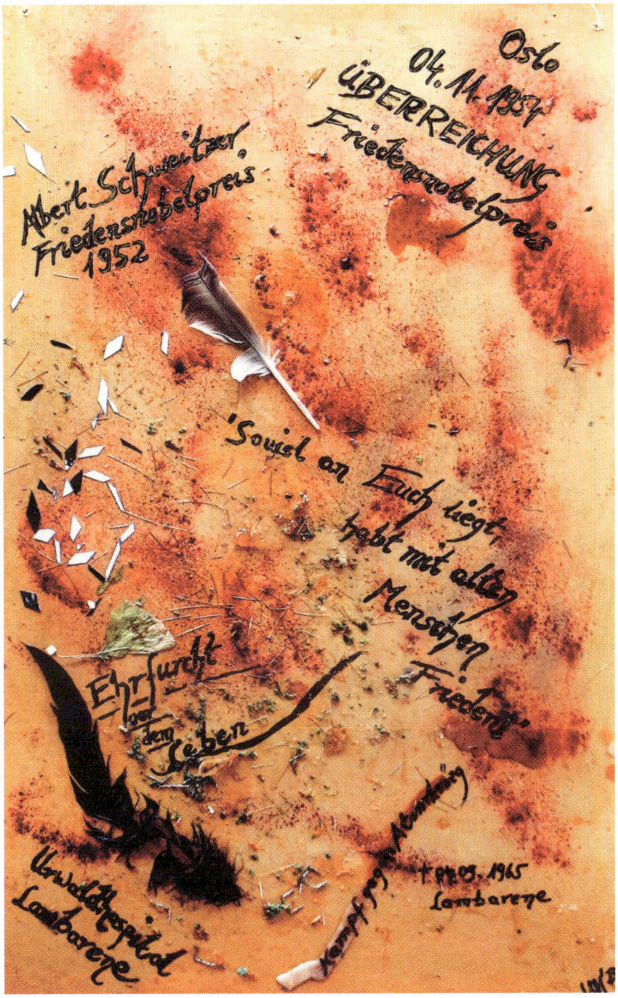

Uta Mayer · *Friedensnobelpreis 1952 –Ehrfurcht vor dem Leben*
2023 · Acryl auf Cardboard · 56 x 46 cm (Ausschnitt)

„Die Ethik der Ehrfurcht vor dem Leben fängt an sich in der Welt durchzusetzen, besonders weil sie in den Schulen gelehrt wird."

Albert Schweitzer

Anhang

Der Deutsche Hilfsverein für das Albert-Schweitzer-Spital in Lambarene e.V. (DHV) mit Sitz in Offenbach am Main setzt sich für die Erhaltung und Weiterentwicklung des Schweitzer-Spitals in Lambarene ein. Er ist zugleich Träger des Deutschen Albert-Schweitzer-Zentrums (DASZ) in Offenbach am Main. Die Stiftung Deutsches Albert-Schweitzer-Zentrum Frankfurt am Main (Stiftung DASZ), ebenfalls mit Sitz in Offenbach, dient der Verbreitung des geistigen Werks Albert Schweitzers und fördert die Arbeit des DASZ.

→ www.albert-schweitzer-heute.de

→ info@albert-schweitzer-zentrum.de

In Albert Schweitzers Geburtsstadt Kaysersberg/Elsass wurde das Museum in seinem Geburtshaus „Eglise Protestante Maison Natale" im August 2023 als „Centre Schweitzer" neu eröffnet. Besichtigung während der Öffnungszeiten.

→ www.centreschweitzer.org

→ contact@centreschweitzer.org

In Günsbach/Elsass verbrachte Albert Schweitzer seine glückliche Kindheit und Jugend im alten Pfarrhaus. Dieses bietet Gästezimmer und ist Ausgangspunkt für Wanderungen auf Schweitzers Spuren und in die Region.

→ ancien-presbytere@schweitzer.org

Im ehemaligen Wohnhaus der Familie Schweitzer in Gunsbach wurde im Mai 2022 das Museum neu eröffnet. Albert Schweitzer ließ es 1928/29 als Rückzugsort auf seinen Europareisen mit dem Preisgeld des Frankfurter Goethepreises bauen. Neben den Wohnräumen der Familie Schweitzer gibt eine umfangreiche Ausstellung Einblick in sein facettenreiches Leben. Das Albert-Schweitzer-Archiv befindet sich am selben Ort. "Musée Albert Schweitzer"

→ www.schweitzer.org

→ www.albert-schweitzer.ch

→ gunsbach@schweitzer.org

In Königsfeld im Schwarzwald beherbergt das Albert-Schweitzer Haus eine umfangreiche Ausstellung über das Leben und Werk von Albert und Helene Schweitzer. Besichtigung während der Öffnungszeiten. Führungen nach Voranmeldung bei der Tourist-Info Königsfeld.

→ www.albertschweitzer-haus.de

→ tourist-info@koenigsfeld.de

Im Albert-Schweitzer-Haus in Weimar hat die Geschäftsstelle des Albert-Schweitzer-Komitees e.V. ihren Sitz. Eine ständige Ausstellung gibt Einblick in das Leben und Werk Albert Schweitzers. Die umfangreiche Bibliothek/Archiv sowie Veranstaltungen und Gästezimmer ermöglichen das Eintauchen in Albert Schweitzers Leben auch in Afrika.

→ www.albert-schweitzer-weimar.de

→ www.albert-schweitzer-komitee.de

→ asgbweimar@t-online.de

Alle Informationen zur umfangreichen Arbeit der Albert-Schweitzer-Kinderdörfer erhalten Sie unter

→ www.albert-schweitzer-verband.de

→ verband@albert-schweitzer.de

Uta Mayer · *Unterwegs im Busch* · 2020 · Acryl auf Leinwand · 60 x 80 cm

„Der große Doktor war das Licht im Wald."

über Albert Schweitzer

Uta Mayer

1955 in Stuttgart geboren, hat sich nach dem Studium der Wirtschaftswissenschaft, Anglistik, Pädagogik und Psychologie während ihrer Berufstätigkeit als Lehrerin an Beruflichen Schulen in Baden-Württemberg eingehend mit jungen Menschen und ihrer Werteentwicklung beschäftigt. Sie war über 35 Jahre im pädagogischen Umfeld zwischen Wirtschaft und Schule tätig.

1983 Beginn ihrer künstlerischen Tätigkeit. 2007 Ausbildung zur Systemischen Coach und Gesundheitscoach. Der Amoklauf von Winnenden 2009 veranlasste sie zur Entwicklung des wertschätzenden Coachinggedankens in der Schule. Ihr 2012 publiziertes Coachingkonzept Energie- und Zeitmanagement (CEZ) wurde auf die Bedürfnisse der Jugendlichen zugeschnitten. 2018 nach Ende ihrer Berufstätigkeit Umzug mit Atelier nach Nonnenhorn /Bodensee.

Seither verstärktes Engagement in der Friedensarbeit. Künstlerisches Schaffen im Bereich Ressourcennutzung unserer Wegwerfgesellschaft. Individuelles Coaching verstärkt im Gesundheitsbereich. Ehrenamtliche Mitarbeit in verschiedenen friedensfördernden Organisationen. 2018 Reise ins Albert-Schweitzer-Spital nach Lambarene, Gabun, Afrika. Seither Kunstschaffung um das geistige Werk Albert Schweitzers lebendig zu halten. Installationen in Kirchen und im öffentlichen Raum.

Die im BUCHER Verlag bisher erschienen Publikationen liefern Lösungsansätze zur friedlichen Konfliktlösung und sind gleichzeitig Mutmachprogramme zur eigenverantwortlichen Lösungssuche für Jung und Alt.

Buchveröffentlichungen:

Wissenschaftlicher Verlag Berlin:
Coaching an Schulen – das Ei des Kolumbus (2012)

BUCHER Verlag Hohenems:
Augustin, der Bodenseelöwe – Wie Augustin sein 4. Barthaar verlor (2020)

Augustin und Corinnas Virus oder wie Augustin Corinnas Geburtstag zu einem ganz besonderen machte (2021).

Uta Mayer
Langgasse 4 · 88149 Nonnenhorn
Mobil +49 1703060547 · Tel +49 8382 6089741
uta.mayer@outlook.com

1. Auflage 2024
BUCHER Verlag
Hohenems – Vaduz – München – Zürich
www.bucherverlag.com

Gestaltung: Bernd Altenried · www.almo.de
Produktion: JELGAVAS TIPOGRĀFIJA
ISBN 978-3-99018-702-9